INHALT

LIEBLOS
ANGST
GEBORGENHEIT
AN EINEM SOMMERTAG
RABENHORST
DONNERVOGEL
JAGD IM MORGENGRAUEN
SCHLANGEN
ABSCHIED
MIT DER LIEBE KOMMT DER TOD
KEIN LICHT IN DUNKLER NACHT
WINTERZEIT
MORGENDÄMMERUNG
INNERE WUT
IST DAS LECKER
NACH DER ARBEIT
DES JÄGERS GRAB
LUCHWANDERUNG
GRENZWERT

LIEBLOS

Anna Schmidt fühlte sich an diesem Tag nicht gerade wohl. Sie hatte wieder einmal mit Kopfschmerzen zu kämpfen, und auch die dritte Tablette eines Schmerzmittels befreite sie nur teilweise davon. Sie litt unter zu hohem Blutdruck. Was für eine übergewichtige Frau, wie sie es war, fast schon normal war.
Anna war zweiundfünfzig Jahre alt und hatte ihr halbes Leben damit verbracht, vier Kinder großzuziehen. Sie waren schon seit Jahren aus dem Haus, ließen sich nur noch selten sehen. Auch ihr Mann Eckhard zog sich von ihr zurück. Verbrachte seine Zeit lieber damit, vor dem Fernseher zu sitzen und sich eine Gesprächsrunde nach der anderen anzusehen. Wie sie ihn dafür haßte ! Wenn er schon die Fernbedienung in die Hand nahm und sich einige Flaschen Bier zurechtstellte. Stundenlang saß er nur so da, trank ab und zu einen Schluck Bier und kratzte sich dabei an den Eiern. Wenn sie selber das Gespräch suchte, fauchte er sie grob an und schlug mit

der Faust auf die Sessellehne. Wo war seine Liebe, die er damals für sie empfunden hatte? Wo war die Zärtlichkeit, mit der er sie des öfteren bedacht hatte? Alles hatte sich in die Vergangenheit verabschiedet. Die Liebe, das Leben! War es überhaupt noch lebenswert?
Sie setzte sich ins Wohnzimmer, sah ihrem Mann ohne Worte über die Schulter. Sie sah zwar die Bilder, nahm sie aber nicht wahr. Sie tauchte lieber ein in ihre Depressionen, die sie fesselten und sie Schritt für Schritt des Lebens müder machten. Die Frau verschränkte die Arme, ließ sie wenig später entnervt über ihre Kittelschürze streifen. Die Entbehrungen, die sie im
Laufe der Jahre hatte erfahren müssen, gruben sich als Falten unauslöschlich in ihr Gesicht. Ihr kurzes, schlohweißes Haar umrahmte sie wie ein Bild in einem Geschichtsbuch.
"Liebst du mich noch, Eckhard?" Die Worte kamen eher gleichgültig aus ihrem Mund.
"Halt dein verdammtes Maul, du blöde Kuh!" Er nahm nicht einmal den Blick vom Bildschirm. Als einzige Andeutung möglichen Respekts ließ er einen Furz, der stotternd einen

Gewehrbeschuß glich und sie in eine Wolke übel riechenden Gestanks hüllte.
"Wenn du der Meinung bist!" Anna stand ruhig auf.
Ihre Kopfschmerzen waren auf einmal wie weggeblasen. Sie fühlte sich so gut wie schon seit langem nicht mehr. Wie auf einer Feder schwebend verließ sie das Wohnzimmer. Es wird alles gut werden. Ihr Mann wird sie wieder lieben und sie mit Liebkosungen wieder in Verzückung bringen.
Eckhard war innerlich außer sich. Er mochte es ganz und gar nicht, wenn Anna ihm mit ihrem Gesülze auf den Geist ging. Sie störte ihn nur damit.
"Verdammt noch mal, was bildet dieser Kerl sich überhaupt ein?" Im Fernsehen sprach gerade ein Mann, der sich zu Hause aufführte wie der letzte Penner. Er schlug seine Frau und machte sich noch lustig über sie.
Eckhard hatte das nie getan, und er würde es auch in Zukunft nicht machen. Er behandelte Anna immer gut und anständig. auch wenn sie ihm häufig auf die Nerven fiel. Sie war mit der Jahren immer dicker und nicht gerade

attraktiver geworden. Sollte er sich scheiden lassen? Doch darüber nachzudenken schien ihm einfach sinnlos.
Die Bilder des Fernsehens berauschten ihn wie eine Droge. Alles war egal, nur die Sendungen interessierten ihn, sonst nichts.

Er sah die Bilder und dachte dabei an nichts. Sie fielen einfach von ihm ab. Vernebelten sein Gehirn für eine vernünftige Denkweise.
Ein Poltern drang an sein Ohr, aber es machte nichts. Die Bilderflut beruhigte ihn, ließ ihn alles um sich herum vergessen.
Ein starker Schmerz explodierte auf seinem Hinterkopf. Er drehte sich um - und sah ein letztes Mal in die leuchtenden Augen Annas, ehe erneut der Knüppel auf ihn herabflog.
Anna schlug mit aller Kraft zu. Ihr Herz flog regelrecht in ihrer Brust. Sie haßte den Mann, der nun bedingungslos dem Tod entgegensah. Das Rot seines Blutes tränkte den bunten Stoff des Sessel, lief in Rinnsalen seine Haut hinab und tropfte auf den blanken Fußboden. Ihre Nackenhaare richteten sich auf, und sie spürte wie ihre innere Wärme in den Kopf schoß.

Sie warf den Knüppel aus der Hand, riß die Tür auf, stolperte die Treppe hinunter und lief auf die Straße zu. Eine innere Erregung trieb sie rastlos an.

Sie hörte den herankommenden Lkw, blieb mitten auf der Fahrbahn stehen. Ihr Blick war auf den Asphalt gerichtet. Das Quietschen der Bremse kündigte das Ende an.

" Auf ein besseres Leben!" sagte sie noch, bevor sie der dumpfe Aufprall auf die letzte Reise begleitete.

ANGST

Thomas Schulz fuhr mit dem Lkw auf der Landstraße Richtung Fehrbellin und pfiff vergnügt vor sich hin. Es war ziemlich warm an diesem Tag. Die Sonne blendete den Mann jedesmal, wenn sie ab und zu durch das dichte Blätterdach hindurch schien. Im Radio wurde ein Lied gespielt, das er nicht kannte, aber es gefiel ihm so gut, daß er das Gerät ein wenig lauter stellte. Er fuhr durch einen ihm unbekannten Ort, war gut gelaunt und kümmerte sich nicht darum, was neben der Straße geschah. Auch die etwas ältere Frau, die von einem Grundstück gelaufen kam, interessierte ihn kaum.

‚Was macht denn die?!' ging es ihm durch den Kopf. Panisch stieg er auf die Bremse, deren Quietschen sich in sein Gedächtnis einbrannte. Thomas sah beim Aufprall in das Gesicht der Frau. Sie hatte ein Lächeln um die Mundwinkel.

Im ersten Moment dachte Thomas daran, anzuhalten. Doch eine innere Stimme zwang ihn, wieder aufs Gaspedal zu treten. Ein leichtes Poltern in der Kabine ließ Übelkeit in ihm aufsteigen. Seine Blicke fielen nach links und nach rechts. Hatte es auch niemand gesehen? Nichts deutete darauf hin. Aber die Möglichkeit bestand ohne weiteres. Was, wenn jemand hinter der Gardine gestanden hatte?

Er bog die nächste Straße ab und versuchte, wieder Ruhe zu gewinnen. Aber das war nicht so einfach. Er zitterte am ganzen Körper, und seine Gedanken kreisten nur um die Frau. Er hatte ihr direkt in die Augen gesehen. Dieses Bild baute sich ständig vor seinem inneren

Auge auf. Auf keinen Fall durfte er sich etwas anmerken lassen. ‚Vergiß bloß nicht, in den nächsten Gang zu schalten!' Seine Beine waren wie aus Blei, gehorchten nur widerwillig seinen Befehlen.

Er fuhr die Straße entlang, ohne daß ihm ein Fahrzeug begegnete. Was, wenn die Frau noch lebte und seine Hilfe brauchte? Sollte er nicht doch zurückfahren? Für einen Augenblick war er versucht, diesen Gedanken in die Tat umzusetzen doch er verwarf ihn sofort wieder.
Er sah in den Rückspiegel. Sein Gesicht war ganz rot, und seine Augen quollen aus den Höhlen. Tropfen von Schweiß verschleierten ihm die Sicht. Er konnte nicht zurückfahren, denn
er glaubte nicht daran, daß ihm irgend jemand seine Geschichte abkaufen würde. Sein Herz schien ihm aus dem Brustkorb springen zu wollen. So ähnlich mußte sich ein Fuchs fühlen, wenn ihm die Jäger dicht auf den Fersen waren.

Christian saß auf einem Klappstuhl und döste vor sich hin. Der zwanzigjährige war zusammen mit seinen Freunden Verena und Helmut beim Grillen. Er lächelte, ließ sich die wohlige Wärme der Sonne auf die Haut brennen.
" Möchtest du noch eine Bratwurst?" Helmut drehte die Würste noch mal um, legte die fertigen an den Rand des Grills.
" Na klar! Von dem wenigen wird man doch nicht satt!" Christian hielt sich seinen etwas hervortretenden Bauch.
" Weil du ein Freßsack bist!" Verena schüttelte amüsiert den Kopf, so daß ihre schulterlangen braunen Haare leicht hin und her wogten.
Christian wollte etwas entgegnen, doch plötzlich erstarb sein Lächeln auf den Lippen. Er stand auf, machte einen Schritt nach vorn und hielt in seinen Bewegungen inne.
" Was'n los?" Helmut ließ sich seine gute Laune nicht so schnell verderben, schaute aber, ebenso wie Verena, in dieselbe Richtung wie Christian.
" Keine Ahnung. Aber heute passiert noch was!" Und was?" fragte Verena verständnislos.

"Weiß nicht. Vielleicht ist es nur Spinnerei. Wir werden sehen!" Sie setzten sich wieder, und nach ein paar schweigsamen Minuten lachten sie wieder zusammen und ließen sich es gut gehen.

Thomas schaltete in den höchsten Gang. Obwohl er es nicht wollte, trat er noch stärker aufs Gaspedal. Ein Radfahrer kam ihm entgegen und schaute ihm gleich darauf entgeistert hinterher. Der wußte wahrscheinlich, daß er diese Frau überfahren hatte. Er mußte noch schneller fahren. Sein Zittern wurde zum Dauerzustand, ließ sich nicht mehr kontrollieren.
Er erreichte Linum, einen kleinen Ort, in dem er schon häufiger gewesen war. Mit seiner Frau und seinen beiden Junger. Eine Gruppe Menschen saß in einem offenen Cafe und schaute erschrocken zu seinem Lkw herüber. Sie sahen, daß er eine Schuld auf sich geladen hatte. Alle konnten seine Gedanken lesen. Vielleicht klebte Blut am Kühlergrill, und die Leute da draußen konnten es sehen.

"Laßt mich in Ruhe!" Er schrie und zitterte dabei immer noch. Der Lkw schoß mit höchster Geschwindigkeit an den Häusern des Ortes vorbei, wirbelte den Staub der Straße auf. Vor ihm lag eine Kurve, die sich so nicht nehmen lassen würde. Aber es war ihm völlig egal. Alle schauten auf seine Seele, und er konnte sie nicht einmal daran hindern. Er raste in die Kurve hinein und verlor die Kontrolle über das Fahrzeug.
"Ihr könnt mich mal alle am Arsch lecken!" Das Haus flog ihm regelrecht entgegen, und kurz vor dem Aufprall dachte er nur noch an seine Familie.

Christian, Helmut und Verena sprangen durch den Garten und warfen sich ins weiche Gras. Helmut sah in den Augenwinkeln, wie der Fahrer des Lkw durch die Windschutzscheibe flog und einige Meter weiter auf den Asphalt aufschlug. Kleine Metallteile wirbelten um sie herum. Nach Sekunden voller Angst wurde es unheimlich still. Nur ein ungewöhnliches Zischen war zu hören.

"Verdammte Scheiße, da haben wir ganz schönes Schwein gehabt!" Christian lag noch auf der Erde, unfähig, sich auch nur einen Millimeter zu bewegen.

„Ist er tot?" fragte Verena mit unsicherer Stimme.

"Glaube ich schon. Wie der auf den Asphalt aufgeschlagen ist, muß er wohl." Helmut lag neben ihr und hustete kurz.

Christian wunderte sich, daß sich seine beiden Freunde rechts von ihm befanden, denn er hatte angenommen, daß zumindest einer von ihnen auf der anderen Seite sei. Aus seinen Augenwinkeln heraus hatte es jedenfalls diesen Anschein gemacht.

Er drehte sich langsam um und erschrak auf das heftigste.

Der markerschütternde Schrei Verenas ließ auch Helmuts Kinnlade herunterfallen. Mit geweiteten Augen starrten alle drei auf den Grill, auf dem sich der entstellte Kopf einer älteren Frau befand. Aus dessen Mund hing eine Kammscheibe heraus, so als wollte sie das Fleisch gerade essen.

GEBORGENHEIT

Johanna lag in ihrem Bett, schlief aber noch nicht. Draußen und im Zimmer war es schon dunkel. Nur ganz wenig Licht drang durch das Fenster ins Innere und beleuchtete spärlich die vielen Spielsachen. Ein fernes Grollen kündigte ein Gewitter an.
Ein Gewitter? Dem Mädchen lief ein eiskalter Schauer über den Rücken. Johannas Herz schlug heftig. Vielleicht war es aber nicht so schlimm, wie es sich anhörte. Den ganzen Tag war es heiß gewesen und eine Abkühlung schien der Fünfjährigen nur zu willkommen. Sie schloß die Augen, öffnete sie aber gleich wieder. Kam das ferne Grollen näher? Starke Böen zerrten an den beiden aufgeklappten Fenstern. Die frische Luft kühlte Johannas überhitzte Haut. Sie sah ins Dunkel, schloß die Augen Das Grollen übertönte langsam das Ticken des Weckers au: dem Nachttisch neben ihr. Das Ticken wurde schwächer. Tick., tack. Nur einen Augenblick. Tick, tack. Bis es ganz unter dem plärrenden Rauschen verschwunden war.

Ein lauter Knall ließ das Kind aufschreien. Erschrocken setzte sich Johanna im Bett auf. Mit aufgerissenen Augen starrte sie in die dunklen Fensterhöhlen, vor denen die hilflose Gardine hin und her tanzte. Sie saß da und hielt den Mund offen, unfähig, sich auch nur einen einzigen Zentimeter zu bewegen. Durch die großen Öffnungen drang feuchte Luft ins Zimmer. Nichts hielt den Regen auf. Keine Fenster, keine Gardinen, keine Vorhänge.
Das Mädchen nahm all seinen Mut zusammen und sprang aus dem Bett. Johanna wollte die Fenster schließen. Die Fenster, die nicht mehr da waren. Sie waren nur noch als Scherben über den Teppichboden verstreut, drohten ihr die Fußsohlen zu zerschneiden. Ihr Nachthemd flatterte im Wind, und ihr langes, dunkelblondes Haar wehte nach hinten. Das Herz schlug dem Mädchen bis zum Hals. Es hämmerte ihr in den Ohren wie ein Preßlufthammer bei der Arbeit.
"Schließe die Rolläden!" sagte sie zu sich selbst, rang aber gleichzeitig mit der Angst vor den heranbrausenden Gewitterböen und den immer dichter aufeinanderfolgenden, vom

Donner begleiteten, Blitzen. Das Knirschen des Glases drang nur noch unbewußt zu ihr hindurch. Ihr Blick war auf die Kurbel zur Betätigung der Rolläden gerichtet. Sie schlich mehr, als daß sie ging. Irgendwie schien alles so unrealistisch zu sein. Ihre Hand faßte nach der Kurbel. Regentropfen prasselten ihr aufs Gesicht. Der starke Wind nahm ihr die Luft zum Atmen. Sie drehte schneller an der Kurbel, aber es ging nicht so schnell, wie sie gehofft hatte. Ein durchdringendes Gefühl der Panik bemächtigte sich ihrer plötzlich. Die Angst schnürte ihr die Kehle zu. Ein gewaltiges Blitzgitter ließ die Nacht zum Tag werden. Der dazugehörende Donner glich dem einer Explosion. Funken sprühten, während der vor ihrem Fenster stehende Baum in zwei Hälften zerbarst. Alles ging so unsagbar schnell. Die eine Baumhälfte blieb stehen, doch die andere kippte über und fiel direkt auf den Platz zu, auf dem sie stand. In lähmendem Entsetzen riß sie den Mund noch weiter auf und schrie so laut sie nur konnte. Die Konturen des Stammes verschwanden ...

Sie schrie weiter, als sie sich im Bett aufsetzte, und das einzige, was auf sie zukam, waren die Arme ihrer Mama, die sie an sich drückte. "Schhh ... Es war doch nur ein Alptraum!" Ihre sanfte Stimme war mehr als nur tröstende Worte. Sie war die Geborgenheit. "Bleibe ruhig, ich bin ja bei dir!"
Johanna schmiegte sich fester in ihre Arme. Was auch immer geschehen mochte bei ihr fühlte sie sich sicher. Auch bei den schlimmsten Gewittern, vor denen sie sich so sehr fürchtete.

AN EINEM SOMMERTAG

An einem Sommertag saß der kleine Michael auf der Futterladerampe des Rinderstalles seines Großvaters und starrte in das herrliche Blau des sommerlichen Himmels. Einige blutgierige Insekten umschwirrten den Kopf ihres Opfers und versuchten fluggewandt, den schlagenden Händen des Knirpses zu entgehen. Zwei oder vielleicht sogar drei schafften es nicht; sie endeten als formlose blutige Masse auf der braungebrannten Haut, die sie eigentlich heil hatten erreichen wollen.

"Das habt ihr nun davon." Michael verzog den Mund und wischte die Hand, an der noch das Blut klebte, angeekelt an seinen grünen Shorts ab. Salziger Schweiß klebte an seiner Stirn, perlte an seinen geröteten Wangen hinab, um schließlich das feuchte weiße T-Shirt zu benetzen.

Er wartete auf seinen Opa, der versprochen hatte, ihm das neue Pferd zu zeigen, das in einer separaten Box gleich neben dem Eingangstor des Stalles stand. Sein Name war Hansi. Und soweit sich Michael erinnern konnte, hießen alle Pferde so. Warum Großvater allen den gleichen Namen gab, blieb ihm ein Rätsel. Er würde ihn einmal fragen müssen.

"Es ist ein Wallach", hatte seine Großmutter ihm gesagt. 'Wallach?' Michael runzelte die Stirn und grübelte, was das bedeuten konnte. Der Junge überlegte lange, doch eine Erklärung fand er nicht.

Auf der gegenüberliegenden Straßenseite, kaum mehr als fünfzig Meter entfernt, hängte eine dicke Frau Wäsche auf. Sie trug nur eine Kittelschürze und machte sich nicht viel daraus, daß andere Leute sich dadurch belästigt fühlen könnten. Denn bei Gott: Es war ein gräßlicher Anblick! Sie sah sich kurz um, als ob sie den Blick des Jungen gespürt hätte, steckte noch eine Klammer an ein Laken und winkte ihm zu.
Michael erwiderte den Gruß. Die Frau war zwar unansehnlich, aber dafür außerordentlich nett. Jedesmal, wenn er bei ihren Kindern zum Spielen war, bekam er jede Menge Süßigkeiten: Schokolade, Pralinen, alles, was das Kinderherz begehrt. Fast jedesmal tat ihm dann der Bauch weh. Das hat man nun davon, wenn man alles durcheinander in sich hineinstopft. Der Magen macht nicht alles mit, und ehe man sich versieht, brüllt man all dieses Zeug unter Wehklagen wieder heraus.
Doch daran verschwendete ein Fünfjähriger kaum einen Gedanken. Vielmehr hörte er gebannt auf das Dröhnen der Mähdrescher, die sich in aller Ruhe durch das reife Getreide

fraßen. Hinter einem Windschutzstreifen, der sich wie eine gewaltige grüne Kette durch die Landschaft zog, erhob sich eine große Wolke aus Staub und Spreu. Sie kündigte an, daß die Maschinen nicht mehr weit entfernt waren.
Vielleicht ließ einer der Fahrer den Jungen mitfahren. Doch das wäre viel zu schön, um wahr zu sein. Eine kleine Schar Spatzen flüchtete, aufgeregt flatternd, vor einem Bussard, der fast schon ihre Schwanzfedern erreicht hatte. Michael rief ihnen zu, daß sie schneller sein sollten. Doch sie waren bald seinem Sichtbereich entrückt.
So flott, wie die gefiederten Freunde sich fortbewegten, so schnell schweiften seine Gedanken wieder ab. Frau Hampe war in ihrem Haus verschwunden. Nur der halbvolle Wäschekorb stand da und schien darauf zu warten, daß er endlich entleert werden würde. Am anderen Ende des Stalles tauchten drei Kinder auf. Sie lachten und warfen sich gegenseitig einen luftleeren Gummiball zu. Das Spielzeug segelte zwar nicht annähernd so schön wie eine Wrisbyscheibe, aber es machte dafür einfach mehr Spaß damit. Ihre Eltern

gaben äußerst wenig Geld für Spielsachen aus. Da diente zum Beispiel ein rostiges Bügeleisen oder ein ausgetretener Schuh als Traktor. Ein lädierter Kochtopf, mit einer Schnur zum Ziehen, stellte einen Lastkraftwagen dar. Jedes ihrer Fahrzeuge beschafften sie sich von einer wilden Müllhalde. die neben einem kleinen Wäldchen die Umwelt verschandelte. Es war kein angenehmer Spielplatz, aber eine Entdeckungsreise war er allemal wert.
"Willst du mitspielen?" fragte ihn sein Bruder Dennis, eines der Kinder, die sich lautstark gegenseitig anfeuerten. Mit einem lauten "Patsch" klatschte das gelbe Stück Gummi an seine linke Wange. Dennis sah ziemlich verdutzt drein. "Aua!" Im ersten Moment konnte man glauben, daß er jetzt zu weinen anfangen würde. Die Tränen standen ihm jedenfalls schon in den Augen, und sein mit Sommersprossen übersätes Gesicht färbte sich rot - ob nun aus Zorn oder vor Schmerz. "Hat ja nicht weh getan", sagte er schließlich, sorgfältig darauf bedacht, seine wirklichen

Gefühle zu unterdrücken, während Daniela und Matthias Hampe laut kicherten.
"Nee, ich warte auf Opa. Habt ihr ihn gesehen?" "Der zieht sich erst um." Sagte Dennis.
Michael hatte sich zwar schon entschieden, doch insgeheim hätte er sich den dreien liebend gern angeschlossen.
Daniela sah ihn an und bewegte kurz die Lippen, als wollte sie noch etwas sagen, wurde aber durch einen weißen Schmetterling abgelenkt, der sich auf ihre linke Schulter niederließ. Sie wollte ihn fangen, doch er flog davon.
Matthias sprang sofort hinterher. Die beiden anderen taten es ihm gleich und liefen lärmend den staubigen Weg hinunter, bis sie kurz darauf hinter dem Stall verschwanden.

Ein paar Mücken umschwirrten Michaels Kopf, bereit, sich jeden Moment auf ihn zu stürzen und von seinem Blut zu kosten.
Kurz nachdem die Kinder hinter dem Gebäude verschwunden waren, stieg Roswitha Hampe die Treppe der Eingangstür hinunter und setzte

sich auf einen alten, ziemlich abgenutzten Liegestuhl, der im Schatten einer großen Eiche stand. Es grenzte schon an ein Wunder, daß er ihr Gewicht überhaupt noch zu tragen imstande war, denn eine schlanke Person war die Frau wahrlich nicht. Deshalb ertrug die Mittvierzigerin auch die Hitze nur mit größter Willensanstrengung.
Sie schaute nun mit vorgehaltener Hand in die Sonne. Zwar nur für kurze Zeit, doch lange genug, um wenig später die farbenprächtige Natur in einem langweiligen Grau zu sehen.
'Wo sind die Kinder?' fragte eine innere Stimme Roswitha. Und plötzlich sah sie, ja, sie wußte es sogar genau, daß Matthias und Daniela für immer verschwunden waren, und die Hauptschuld daran trug einzig und allein dieser kleine Bastard, der die Beine von der Laderampe dort hinten baumeln ließ.
'Unmöglich! Es ist doch nur ein fünfjähriger Junge, der schafft das nie und nimmer.'
'Hab nur Vertrauen zu mir.' Die innere Stimme meldete sich wieder. 'Schnapp ihn dir, bringe ihn ins Haus und frag ihn aus. Ich bin ... nein, auch du bist sicher, daß es klappen wird.'

Roswithas Mund verzog sich zu einem häßlichen Grinsen.

Sie konnte nicht begreifen, was in ihr vorging. Der Kopf schmerzte, und auf eine eigenwillige Art war sie sich sicher, daß alles, was sie jetzt zu tun gedachte, richtig sein würde.

Mit einem tiefen Seufzer auf den Lippen erhob sich die schwere Frau. Der Liegestuhl stöhnte und krächzte unter der schweren Last und wäre auch unverzüglich zusammengebrochen, wenn er nur noch eine Sekunde länger belastet worden wäre. Sie stierte noch einmal unentschlossen zu Michael hinüber. Kurze Zeit überlegte sie, ob sie nicht doch wieder zurück ins Raus gehen sollte. Doch die Stimme in ihrem Gehirn schien die Bewegungen der Arme und Beine zu bestimmen.

Die Füße fanden im tiefen Zuckersand des Weges wenig Halt. Das Rutschen und Nachgeben der Schritte brachten sie ganz außer Atem, und noch ehe Roswitha bei dem Jungen war, fühlte sie Zorn in sich aufsteigen. Zuerst war sie nur der Stimme gefolgt, doch jetzt verfluchte sie diesen kleinen Lümmel, weil er ihr bei der Hitze soviel Anstrengung zumutete.

Michael sah die keuchende und Vor sich hin murmelnde Frau näher kommen. Zu diesen Zeitpunkt hatte er noch keine Angst.

"Guten Tag, Frau Hampe!" Ein leichtes Lächeln erhellte sein sowieso schon freundlich strahlendes Gesicht noch mehr.

"Guten Tag, mein Junge!"

Sie stand jetzt direkt vor ihm, und sie wünschte sich nichts sehnlicher, als diesem Strolch die Ohren langzuziehen. Sein Grinsen machte sie noch wütender, als sie es ohnehin schon war. Nur unter einer großen Willensanstrengung beruhigte sie sich etwas. Schweißperlen rannen ihr die Stirn hinunter und liefen ihr direkt in die Augen, die sofort unangenehm zu brennen anfingen.

"Du, sag mal, Michael: Weißt du, wo meine Kinder geblieben sind?"

"Nein, Frau Hampe. Sie waren zwar noch vor ein paar Minuten hier, sind aber gleich wieder fort."

Der Kleine wußte nicht, daß das der Frau ihm gegenüber vollkommen egal war. Es war ihr gleichgültig, ob und wo sie sich rumtrieben. Die Wut in ihr steigerte sich immer mehr, und die aufgestiegene Glut in ihrem Kopf hämmerte den Rest des verbliebenen Verstandes raus. Der nackte Arm der dicken Frau schoß nach vorn, und ehe Michael sich versah, wurde er auch schon gepackt und aus seiner Sitzposition gerissen.

Die Überraschung, die das Manöver auslöste, wich allmählich der Angst, wich einer Furcht, die der Junge bis dahin noch nicht gekannt hatte. "Lassen Sie mich los!" schrie er. Eine purpurne Röte überzog sein Gesicht, das schon ganz naß war von Tränen und Schweiß.

Einmal wäre es ihm beinahe gelungen, sich loszureißen, doch der eiserne Griff von Frau Hampe schloß sich noch fester um sein kleines Handgelenk. Er schrie auf, schlug heftig mit der freien Hand und beiden Beinen um sich. Vergebens. Dabei kam nur heraus, daß er seine Kraft verlor und hinterher geschleift wurde.

Schließlich ließ er sich fortführen. In seinem Blick konnte man weder Hoffnung noch sonst irgend etwas lesen.

Die Schreie drangen auch bis zu der halb verfallenen Scheune, die das darin gelagerte Stroh in den seltensten Fällen trocken hielt.
Ein Mädchenkopf mit blonden Haaren lugte hinter einer Mauer ordentlich aufgestapelter Strohballen hervor. Daniela rief den beiden Jungen, die sich hinter ihr balgten, zu: "Habt ihr das gehört?"
Von einer Sekunde zur anderen herrschte plötzlich Stille. "Da heult ja einer wie eine Sirene!" platzte ihr Bruder überrascht heraus.
"Das ist Michael. Was kann dort nun wieder passiert sein?" Dennis klopfte sich das Stroh von der Hose und lief den breiten Weg hinunter, der hier im Vorwerk als Hauptstraße diente. Seine Augen wurden noch weiter, als sie es ohnehin schon waren.
"Eure Mutti hat Michael geklaut!" Noch ehe Dennis wieder bei seinen Freunden angelangt war, keuchte er ihnen entgegen:
"Wir müssen das sofort meinem Opa sagen!"
Kaum konnten die Hampe-Kinder etwas entgegnen, da war der vierjährige Wirbelwind wieder verschwunden.

Die Tür flog auf. Wie ein Stier schnaubend, zog sie ihre Beute durch den geöffneten Durchgang und warf die Tür wieder ins Schloß.
Michael sah durch den Strom von Tränen kaum etwas, hörte aber, wie so etwas wie ein Riegel vorgeschoben wurde. Er wurde in eine Ecke hinter dem Eingang gedrängt und auf einen knarrenden Küchenstuhl gedrückt.
"Du bleibst so lange hier sitzen, bis meine Kinder wieder da sind."
Sie drohte mit hoch erhobener Hand und amüsierte sich, als die Hose des Jungen sich im Schritt dunkel färbte. "Hat sich unser kleiner Schatz in die Hose gemacht?"
Das Lächeln auf ihren Lippen erstarb. "Das machst du mir nachher sauber. Hast du mich verstanden?"
Ihre Augen sandten Blitze, und als sie den Jungen für einen Moment berührte, spürte dieser die Nähe ihres klopfenden Herzens.
Hoffentlich würde Opa bald kommen. Sein Großvater war der einzige, der ihn aus dieser mißlichen Situation befreien konnte. Wo war er nur ! WO?

Herbert Fischer, der Großvater, fuhr mit seinem Fahrrad zur Arbeit. Wie an fast jedem Tag, seit ungefähr zweiunddreißig Jahren, pfiff er irgendein altes Volkslied, das ihm gerade einfiel und kümmerte sich herzlich wenig um die wie zur Parade angetretenen Trauerweiden, die den sandigen Weg säumten.
Er dachte an seine beiden Enkel, die ihn noch mindestens zwei Wochen in Trab halten würden. 'Die Lümmel', dachte er bei sich, 'haben noch weniger Grips als meine Schweine, aber arbeiten können sie, davor kann man nur den Hut ziehen.' Er hatte zwar nicht das geringste Verständnis, wie man solch eine Schinderei gern machen konnte; doch wenn es den Jungs gefiel, dann sollten sie' s eben tun.
Opa Fischer mußte sich mächtig ins Zeug legen, um überhaupt halbwegs flott vorwärtszukommen. Die Erde auf den belaglosen Wegen wurde durch den trockenen Sommer dermaßen aufgelockert, daß das ganze Sandbett von feinkörnigem Zuckersand bedeckt war. Dem alten Mann rannen die

Schweißperlen von Stirn und Wangen. Seine Füße fühlten sich an, als wäre in den Arbeitsschuhen eine Portion schleimiger Pudding statt harter Sohlen.

Kurz hinter der nächsten Biegung, an der sich ein altes, längst verlassenes Gehöft befand, tauchte plötzlich Dennis auf. Für Opa Fischer war das nichts Ungewöhnliches, denn die Jungen hasteten unentwegt und konnten es gar nicht abwarten, endlich in den Stall zu kommen.

"Opa! Opa! Komm schnell. Die hat Michael geklaut." "Himmel noch mal! Ich habe dir doch schon Dutzende Male erklärt, daß man die Leute nicht von weitem anschreit!" Das war doch mal wieder zum Haareraufen! Wenn die Racker was wollen, dann sollen sie näher kommen und es vernünftig sagen. Und überhaupt: Wer hat hier wen geklaut?

Der alte Mann stieg vom Fahrrad und wartete, bis sein Enkel endlich näher gekommen war.

Völlig außer Atem stammelte dieser zunächst nur unverständliches Zeug.

"Ruhig, mein Junge. Hol erst mal kräftig Luft und fang dann noch einmal von vorn an."

"Nun, die Frau Hampe hat Michael bei der Hand genommen und hat ihn einfach mit nach Hause genommen. Ich sag' dir, Opa, der hat geheult wie eine Lokomotive."
"Stimmt das wirklich, oder ist es wieder einer eurer dummen Scherze?"
"Opa, ich sag' die Wahrheit. Du weißt doch genau, daß man nicht lügen soll, und das tue ich auch nicht."
Das stimmte, und Opa Fischer machte sich sofort auf, um die Sache zu überprüfen.

Roswitha schielte aus dem Fenster. Sie hatte verdächtige Stimmen vernommen.
Die anderen wollten ihn jetzt holen. Sie wollten ihr den Jungen wegnehmen.
"Den geb' ich nicht her, solange meine Kinder nicht wieder da sind." Zuerst murmelte sie es nur zu sich selbst. Doch dann schrie sie es mit aller Stimmkraft, die sie noch aufbieten konnte, durch die nur einen Spalt breit geöffneten Läden: "Ihr habt euch alle gegen mich verschworen. Wagt ja nicht, hier reinzukommen. Sonst ... "

Das Gesicht der Frau verzerrte sich zu einem häßlichen Grinsen, als sie sich zu Michael umdrehte. "Siehst du dort den Ofen, mein Kleiner?"
Natürlich sah er den Ofen am Ende des Flurs. Er war so groß, daß er die ganze hintere Wand verdeckte.
Seine Augen waren feucht und groß, als sein Kopf plötzlich herumgerissen wurde. "Ich habe dich was gefragt, du kleiner Penner!"
Mit hochrotem Gesicht brachte er zunächst keinen Piepser hervor. Doch als diese Hexe ihn wiederholt anfuhr, blieb ihm keine andere Wahl.
"Ja, das habe ich."
"Na also, ich dachte schon, du hättest deine Stimme verloren. Holz habe ich noch genügend im Haus, und falls dir einfällt, irgend etwas Dummes zu unternehmen: diese Scheite eignen sich auch als Schlagwerkzeuge."
Ein dicker Kloß schien seinen Rachen hinunter zu wandern.
Diese Angst war schier unerträglich. Holte ihn denn niemand hier raus?

"Danke, daß ihr gekommen seid!"
"Ist doch selbstverständlich, Herbert", murmelten alle, die gekommen waren, durcheinander.
"Hast du die Polizei gerufen, Schorsch?"
"Hab' ich." Schorsch Schulz zupfte nervös an seinen Hosenträgern, die er wohl an allen seinen Hosen, ob Ausgeh- oder Arbeitshosen, zu tragen schien.
"Am besten, wir umstellen das Haus und warten, bis die Bullen hier sind."
Die sechs Männer, die sich einer nach dem anderen Zigaretten angezündet hatten, nickten zustimmend und konnten sich denken, daß sie auf irgendeine Art und Weise beobachtet wurden.
"Dafür werdet ihr mir büßen." Roswitha verfolgte die Männer mit ihren haßerfüllten Blicken. Sie sah, wie sie sich auf den Weg machten und einzeln um ihr Haus herumgingen. Zwei Streifenwagen mit Blaulicht hielten kurz vor der Haustür, und ihre Insassen unterhielten sich mit diesem Schwätzer Fischer.

In fieberhafter Eile überlegte ihr Verstand, wie sie sich weiter verhalten sollte, und als sie sich umsah, bemerkte die Frau, daß der Junge verschwunden war. Entsetzen breitete sich in ihr aus und das Wissen, daß nun alles verloren sei.
Doch der Gesichtsausdruck hellte sich wieder auf. Der Bengel konnte nicht aus der Wohnung heraus. Alle Fenster und Türen waren verschlossen, und nur ein größeres Kind oder ein Erwachsener war imstande, sie zu öffnen.
"Michael, komm zu mir. Ich tue dir nichts."
Stille. Nichts rührte sich. Nur die Stimmen der Männer draußen durchbrachen die fast makellos erscheinende Ruhe ein wenig.
Die Polizei versuchte, sie zu überreden, den Jungen herauszugeben und sich ihnen dann zu stellen.
'Denken die denn wirklich, daß ich das tun werde?' Ihr Schädel hämmerte, als rasende Kopfschmerzen sich in ihm ausbreiteten. Ohne den Blick vom leeren Stuhl zu nehmen, griff sie sich den erstbesten Holzscheit. Das Herz raste.

Die Stimme in ihrem Gehirn meldete sich wieder, als sie schon nahe dran war, die Haustür zu öffnen und sich zu ergeben. 'Was willst du tun? Wirst du jetzt etwa aufgeben? Dieser kleine Bastard hat dich reingelegt, und meinst du nicht, daß er eine kleine Abreibung verdient hätte?'
'Oh ja, das meine ich auch.' Ihre Hand zog sich fester um das Holz. Ein Span drang schmerzhaft in ihre Haut ein. Sie nahm es gelassen hin, denn es gab Wichtigeres, als sich über so nutzlose Dinge wie Schmerzen den Kopf zu zerbrechen.
"Junge! Möchtest du ein paar Süßigkeiten haben?"
Sie lauschte. Doch immer noch rührte sich nichts. Die Frau wußte, daß der kleine Schlingel gern zu ihr kam, um sich den Bauch vollzuschlagen. Er verputzte jede Woche Päckchenweise Pralinen und Schokolade.
"Ich habe auch Kuchen im Haus."
Sie schob einen Fuß vor den anderen. Überaus leise und vorsichtig bewegte sich die schwere Frau vorwärts. 'Nur nicht laut auftreten, sonst weiß er, das ich komme. '

Hinter dem Schrank und unter dem Tisch war nichts außer ein paar vergammelten Bonbons, die schon zu leben schienen. Hatte sich nicht hinter dem Sofa etwas bewegt? Ihre Augen leuchteten wieder, als sie den kleinen dunkelblonden Schopf des Jungen auftauchen sah.

Es war schon fünf Uhr nachmittag, als Willie Hampe seinen alten Traktor auf den Abstellplatz direkt am Fensterlosen Giebel seines Hauses lenkte.
'Was ist denn hier los?' Willie fuhr sich mit dem Handrücken über das Wetter zerfurchte Gesicht und kniff kurz die Augen zusammen, um den brennenden Zustand, den der Schweiß in ihnen hinterlassen hatte, ein wenig zu mildern.
Einer der Polizisten die sich, unter der großen Eiche, ein schattiges Plätzchen gesucht hatten, kam näher. Er musterte Hampe mit festem Blick. "Wachtmeister Förster. Guten Tag! Darf ich Sie fragen, was Sie hier wollen?"
"Was geht Sie denn das an?" Der zweiundfünfzigjährige

Mann, der trotz seines relativ hohen Alters überaus robust wirkte, war nicht wenig ungehalten darüber, daß man ihn nun auch noch an seinem wohlverdienten Feierabend zu stören begann. Er baute sich vor dem Polizisten auf, den er mit seinen einsneunzig um fast einen halben Kopf überragte.
"Machen Sie jetzt bloß keinen Ärger." Dem jungen Wachtmeister wurde allmählich mulmig zumute. Er durfte hier keine Schwäche zeigen; schließlich war er derjenige, der hier die Staatsmacht vertrat. Für einen kurzen Moment schauten die beiden Männer einander lauernd in die Augen. Der Schweiß rann den Körper hinunter und kühlte die durch die Hitze fast glühende Haut.
"Ich wohne hier." Der angestaute Unmut wich einem Gefühl der Angst. War seiner Frau etwas passiert oder vielleicht gar seinen Kindern?
Der Polizist murmelte ihm etwas zu, doch es schien, als stünde er überhaupt nicht in dessen Nähe. Die Stimme klang dünn und schwach. Deutlicher waren dagegen die ein wenig hysterisch klingenden Rufe von Maria Fischer,

der Ehefrau von Herbert, zu hören. Er ließ den Polizisten einfach stehen und lief auf sein Haus zu.
"Da hab' ich dich ja, Bürschchen!" Frau Hampe packte Michael an den Haaren und zog ihn zu sich herauf.
Der Kleine schrie wie am Spieß - teils vor Schmerz und teils vor Angst. Die dicke Frau hielt ihm das Holzscheit vors Gesicht.
"Wenn du nicht sofort mit dem Brüllen aufhörst, schlage ich dich tot." Und um das Gesagte noch zu unterstreichen, hob sie den rechten Arm.
Das war zuviel für den Jungen. Er schlug um sich, versuchte sich zu befreien und schrie noch lauter, noch unerträglicher, als es ohnehin schon war.
"Na gut, du hast es nicht anders gewollt", zischte Roswitha wütend. Das Scheit, das eigentlich als Brennholz dienen sollte, sauste auf Michaels Kopf hinunter.

"Was ist denn hier los, verdammt noch mal?!" Seine Knie fühlten sich weich wie Pudding an.

Er blickte in angsterfüllte, verschwitzte Gesichter, die ihn unvermittelt anstarrten.
"Was hier los ist, willst du wissen? Deine Frau, diese blöde Schlampe, hat meinen Enkelsohn bei sich, und sie will ihn nicht wieder gehen lassen. Das ist hier los, mein Lieber."
Herbert atmete schwer. Er sollte sich lieber nicht dermaßen aufregen, das war nichts für sein Herz. Aber was sollte er denn machen? Etwa mit ansehen, wie eine Tragödie passiert? Nein, dann wollte er lieber gleich zur Hölle fahren.
"Was hat sie?" Willie starrte Herbert mit ungläubigen Augen an.
"Bist du taub oder was? Ich habe gesagt, daß Roswitha den kleinen Michael bei sich hat und ich fürchte, daß sie ihm etwas antun könnte." Herberts Stimme zitterte vor Angst.
Natürlich war Willie nicht taub oder schwerhörig. Er kam von der Arbeit und wurde mit einer solchen Sache konfrontiert. Da mußte man doch einfach noch einmal nachfragen.
Seine Gesichtsfarbe änderte sich zusehends: zuerst wurde er blaß und dann einfach

knallrot. Er war müde, und er wollte nichts sehnlicher, als sich waschen, etwas essen und sich mit einem Bierchen in den Fernsehsessel setzen. Daß seine Frau ihn tagtäglich nervte, daran war er mittlerweile schon gewöhnt. Er ließ sie einfach links liegen und hörte gar nicht erst hin.
"Roswitha, gib sofort den Jungen heraus, oder ich schlage dir deine gottverdammten Zähne raus!"
Die um ihn herum stehenden Leute zuckten vor der dröhnenden Warnung zusammen, als ob sie für sie bestimmt wäre.
Für ein paar Sekunden passierte gar nichts, doch dann öffnete sich langsam das Flurfenster, das sich gleich neben der Haustür befand.
"Schrei mich bitte nicht so an! Ich kann dich ja verstehen."
Die dicke Frau war jetzt ruhiger. Ihr Haar war ein verfilztes, nasses Etwas, das ihr kraus zu Berge stand.
"Du bist doch vollkommen Übergeschnappt, du Miststück!"

Mit schnellen Schritten ging er zum Fenster hinüber und schlug unversehens mit der flachen Hand auf seine Frau ein. Er traf sie unglücklich an der Nase, die sofort zu bluten anfing.
"Und hol sofort den Jungen, sonst gibt's noch mehr." Willie trat einen Schritt zurück und nahm, um seinen Worten Nachdruck zu verleihen, einen vertrockneten Ast auf, der neben ihm lag.
Roswitha bekam es mit der Angst zu tun. Ihre Nase tat ihr höllisch weh, und das Blut, das ihr auf die Schürze tropfte, steigerte noch ihre Furcht.
Der Schlag löste eine eigenartige Spannung in ihr. Sie rannte regelrecht ins Wohnzimmer, wo der Junge zuletzt gewesen war.
Was war nur mit ihr los? Sie hätte beinahe den kleinen Jungen getötet - und wofür? Wegen ihrer eigenen Kinder, die gar nicht weg waren, sondern neben den anderen Leuten vor dem Haus standen?
"Habe ich dir was getan?" Sie brüllte regelrecht ihren Frust hinaus. Michael saß auf einem Stuhl neben dem großen Eßtisch und

heulte Sturzbäche. Seine kurzen Hosen verfärbten sich dunkel, als er einpinkelte.
"Nein", kam es nur kläglich aus ihm heraus. Er dachte an jenen Moment, als das Scheit auf ihn heruntersauste. Als die böse Frau plötzlich innehielt und das Holz kurz über seiner Schädeldecke stoppte. Sie schien zu lauschen. Er aber hörte nur sein Schluchzen, das Hämmern seines Herzens.
"Na also, dann komm mit." Sie riß den Kleinen vom Stuhl, als wäre er ein Sack voll Lumpen.
Als die dicke Frau ihn durchs Fenster reichte und er zu seiner Großmutter weitergereicht wurde, weinte er nicht mehr vor Angst, sondern nur noch aus Freude, daß er das alles gut überstanden hatte. Roswitha Hampe wurde nur Augenblicke später verhaftet und mit dem Streifenwagen fortgebracht.

Die Jahre vergingen. Im Oderbruch war die Getreideernte wieder voll im Gange. Die Sonne strahlte vom makellos blauen Himmel und erfreute die Bauern bei ihrer Ernte. Die Schweinezucht des Großvaters ging nach wie vor gut und erbrachte ihm ein gesichertes Einkommen.

In diesen Julitagen verbrachte Michael auch seine letzten Ferien bei seinen Großeltern. Die Zeit hatte ihn ein wenig verändert. Er war auffällig ruhiger geworden.

Er ging wieder zu den Ställen und half seinem Opa beim Füttern. Er kam auf seinem Weg auch wieder an dem Haus vorbei, das er bis heute nicht vergessen konnte. Eine dicke alte Frau saß auf ihrem Klappstuhl direkt unter dem Blätterdach. Sie schob sich mit der Hand, mit der sie vorher durch ihr fettiges graues Haar strich, ständig Süßigkeiten in den Mund. Sie grüßte ihn jedesmal und bekam von dem jungen Mann auch den Gruß erwidert. Sie sah ihm mit funkelnden Augen hinterher, und sie sprach zu sich selbst: "Eines Tages werde ich dich kriegen, mein Junge."

RABENHORST

Stürmischer Wind blies unablässig große Wolkenmassen heran. Die Baumwipfel der

zumeist Mischwälder wogten von Böen getrieben hin und her und berührten einander, wie zum Gruße. Ein fernes Grollen kündigte mit erst schwach leuchtenden Blitzen ein schweres Gewitter an. Das war in diesem noch ziemlich heißen Septembertagen hier ihm Rhinluch gar nichts ungewöhnliches und die Menschen hatten sich an diese Wetterunbilden dieses Jahr längst gewöhnt. Der naturbedingte Schaden, ließ sich durch gezielte Vorbeugemaßnahmen auf ein Minimum reduzieren. Es konnten hin und wieder Bäume entwurzelt, Dächer abgedeckt und Straßen überfutet werden.
Rabenhorst hat in dieser Hinsicht einen traurigen Ruf zu waren. Erst am gestrigen Abend starben drei Personen, Mitglieder einer ganzen Familie, durch Blitzschlag. Sie flüchteten vor den zuckenden Entladungen der Atmosphäre unter eine riesige Eiche und wurden erschlagen. Dazu muß gesagt werden, das all diese getöteten Menschen, Ausflügler waren, die sich einen schönen Tag in der freien Natur versprachen.

Thomas Werder kannte die Unannehmlichkeiten der Natur zur Genüge. Es war gegen Abend und der Tag wich allmiihlich der unheimlichen Dunkelheit die für Rabenhorst so unverwechselbar war. Thomas war bei Freunden zu Besuch gewesen. In seinem Kopf drehte sich alles ein wenig. Er befand sich in einer heiteren Stimmung (angeheiterten sollte man eher sagen). Das Seitenfenster war ein wenig heruntergekurbelt. Die feuchte, kühle Abendluft wirkte erfreulich erfrischend und die Blässe in seinem Gesicht wich allmählich einer gesünderen Farbe. Plötzlich erschütterte den Wagen ein heftiger Schlag. Nur mit Mühe gelang es dem jungen Mann die Lenkung unter seiner Kontrolle zu behalten. Für einen Augenblick hallten die quietschenden Bremsen durch die Dunkelheit.
"Was ist denn nun wieder los. " Hastig stieg er aus und beugte sich im Schein des Abblendlichts um nachzusehen, ob irgend etwas in Mitleidenschaft gezogen wurde. Und tatsächlich. Er konnte nicht genau erkennen was es war. Aber das etwas tropfte daran bestand kein Zweifel. Thomas faßte in die

klebrige Masse, die sich zu einer kleinen Pfütze angesammelt hatte und rieb es zwischen Daumen und Zeigefinger.
"Jetzt ist auch noch die Ölwanne kaputt. Scheiße!" Angestachelt von einer mächtigen Portion Wut im Bauch trat er gegen den Vorderreifen, als könne dieser was für die Blödheit seines Besitzers. Das Blätterrauschen hob an und Werder sah mit gerunzelter Stirn, das er noch mindestens vier Kilometer bis nach Hause hatte. So weit gelaufen war er nicht mehr seit seiner Schulzeit und das lag schon über zwölf Jahre zurück. Das war eigentlich nicht das Problem. Die dringendere Sache war: Lasse ich das Auto einfach hier stehen und gehe los? Was für eine dumme Überlegung. Natürlich mußte er es dort lassen wo es war. Es blieb ihm gar nichts anderes übrig, denn es den ganzen Weg zu schieben wäre nicht zu machen. Auch auf die Gefahr hin, das plötzlich zwei Autos dastünden wenn er zurückkäme. Er ging los. Tiefe Dunkelheit hüllte in schon nach den ersten Schritten auf dem Wirtschaftsweg ein. Ein tiefes Grollen kündete ein nahes Unwetter an. Werder sah

mißmutig in die Höhe. Von Westen zog eine schwarze Wolkenwand auf ihn zu. Auch das noch. Seine Laune wurde immer schlechter. Er stolperte über eine der Betonplatten, die sich verzogen hatte. "Scheiße!" schrie er etwas unterdrückt auf. Dabei verschluckte er sich, hustete leicht. Der Wind blies von Minute zu Minute stärker und die Gegend hüllte sich in ein immer tieferes Schwarz. Auch die hellen Betonplatten waren nur noch schemenhaft zu erkennen. Das Zucken der Blitze am Horizont durchflutete Werders Körper mit Unbehagen. Ohne etwas davon zu bemerken ging er schneller, immer schneller. Bis er ins Laufen überging. Nach etwa vierhundert Metern kam eine Biegung und Thomas hielt sich links. Doch nach einigen Minuten verlangsamte er plötzlich seinen Schritt. Er hatte sich verlaufen, denn der Wirtschaftsweg endete hier. Eine dichte Baumreihe, die den Feldern als Windschutzstreifen diente türmte sich vor dem überraschten Werder auf. "So 'n Mist. Auch das noch" Er drehte sich einmal um seine eigene Achse. Er versuchte zurückzulaufen, wurde aber immer wieder von

Bäumen, Gräben und Sträuchern aufgehalten. Auch wenn er es noch so wollte, den langen Hauptweg fand er nicht mehr. Ein lautes Grollen drang durch das Dickicht. Thomas sah in die trostlose Finsternis. Aber, es wäre schon ein Wunder gewesen, wenn er etwas erkennen konnte. Das Grollen kam immer näher. Angst stieg immer mehr in ihn auf.

Es stampfte über die Wiesen. Allein und doch in Begleitung. Auf seinem Rücken saßen seine vier Freunde. Zuerst machten sie ihm Freude, aber immer mehr wurde ihm ihre Anwesenheit egal. Er brauchte einen neuen Freund und diesen Freund roch er jetzt. Vor ihm, ganz nah.

Thomas irrte über eine Wiese. Glaubte er jedenfalls. Denn er konnte bestenfalls einen Meter weit sehen. "Verdammte, Scheiße!" Werder fluchte laut vor sich hin. Er fühlte sich hilflos und das mochte er ganz und gar nicht. Das Gewitter kam immer näher. Blitze zuckten durch die Dunkelheit. Einer von ihnen schlug kaum einhundert Meter vor ihm ein. Entsetzt wich er zurück, strauchelte über ein, am Boden liegenden, Ast. Fiel aber nicht hin. Er hatte etwas gesehen. War es der Schatten eines umgestürzten Baumes? Oder war es nur ein Strauch, der im Wege gestanden hatte? Er fühlte, daß es etwas anderes gewesen war. Nur was? Die Angst in ihm wurde allmählich größer, die Schritte schneller. Ein unbekannter Laut flog durch die Luft. Kaum hörbar, aber fremd.

Es sah die Umrisse seines neuen Freundes, roch seine Angst. Es glaubte nicht, daß es schwer werden würde. Sein Freund wußte nicht wohin. Drehte sich im Kreis. Er stampfte weiter. Erst langsam, dann immer schneller werdend. Schneller, immer schneller.

Thomas wußte immer noch nicht wohin. Entschied sich für eine Richtung, die er für die sicherste hielt. Er tastete, mit den Füßen, den Boden vor sich ab. Feuchtes Gras. Nichts als feuchtes Gras. Im Luch gab es viele Tümpel. Manche klein. Andere wiederum etwas größer. Gräben zerschnitten das Land in viele große

Rechtecke. Wenn er in einen von ihnen landen würde, wäre es nicht so toll.

Seine Schritte waren, von Zeit zu Zeit, nicht mehr so vorsichtig. Die Angst schob ihn regelrecht vorwärts. Er spurte, das ihn irgend etwas verfolgte. Immer wieder schlugen Blitze in der Gegend ein. Er drehte sich um und im grellen Licht dieser Entladungen, sah er etwas schwarzes, sich bewegendes. Das war zuviel. Er rannte, ohne auf das um ihn herum zu achten. Er strauchelte einige Male, behielt aber immer das Gleichgewicht. Thomas trat in tiefen Morast, zog sich jedoch gleich wieder heraus. Mußte aber seinen rechten Schub einbüßen. Doch es war einfach egal. Er achtete nicht darauf und sah nach vorn. Ein schwarzer, schmaler Schatten zog auf ihm zu. Doch ehe er darauf reagieren konnte, schickte ihn ein starker Schmerz am Kopf ins Land der Träume.

Das Tier wendete sich der fliehenden Gestalt zu. Er würde ihm nicht entkommen, denn niemand entkam seinen Willen. Er war so allein. Die Last, die er auf seinen Schultern trug, war nur noch schwer zu ertragen. Auch wenn er es auch noch so wollte, wurde er diese Last nicht los. Als Junges suchte er nach Freunden und es war für ihn ein Leichtes, welche zu finden. Aber als er älter wurde, lehnten die meisten ihn ab. Er war ein gewaltiger schwarzer Bulle, vor dem die meisten vor Angst das Weite suchten. Doch er wollte niemanden etwas zu Leide tun. Sie lehnten ihn ab, aber er wollte ihre Freundschaft. Um jeden Preis.

Thomas erwachte aus seiner kurzen Bewußtlosigkeit. Seine Stirn brannte wie Feuer und es fühlte sich so an, als blutete er. Er lag auf dem Rucken. Die Nässe durchweichte Hemd und Hosen. Er brauchte eine ganze Weile, ehe er begriff was vorgefallen war. Die ersten Regentropfen benetzten seine Haut und wie ein Stehaufmännchen schellte er auf die Beine. Er mußte unbedingt zum Wagen gelangen, deshalb lief er wieder los. So schnell er nur konnte. Doch er kam nicht weit. Nach nur fünf

Schritten trat er ins Wasser eines Weihers, sackte ab und ging unter.

Es hörte wie sein Opfer ins Wasser stürzte. Roch nicht mehr seine Anwesenheit. Die Bäume, um den Weiher herum, standen vor ihn. Vorsichtig bewegte es sich vorwärts. Nur einen Schritt nach dem anderen. Er wollte seinen Freund helfen. Ihn vor Unheil bewahren. Ihn beschützen.

Für einen Augenblick trat Thomas ins Bodenlose, fand aber zum Glück festen Stand. Er durchbrach die schwarze Oberfläche des faulig riechenden Wassers und schnappte gierig nach Luft. Blitze zuckten gleißend durch die Nacht, machten fast jeden Ast, war er auch noch so dünn, sichtbar. Vor ihm bäumte sich die gewaltige schwarze Gestalt eines Bullen auf. Auf dem die Leichen von vier jungen Männern saßen, die bis zum Skelett alle Grade der
Verwesung aufwiesen. Ihre Schädel hingen herunter. Die Genicke waren gebrochen und dieses Schicksal erlitt auch Thomas. Er versuchte zu fliehen, doch da bohrte sich schon ein Horn des Bullen in sein Brustkorb,

zog ihn mit dem ganzen Körper aus dem Wasser und schlug ihn mit dem Kopf gegen einen Baumstamm. Die Unmengen von Blut waren in der Finsternis kaum sichtbar, verteilten sich gleichmäßig in dem schmutzigen Naß. Als der Bulle schließlich durch die Nacht davon stapfte saßen auf seinem Rücken fünf Männer und allen hing der Kopf hinunter als wären sie zutiefst traurig.

DONNERVOGEL

Es war einem wunderschönen Spätsommertag. Die Sonne schien es an diesem Tag wirklich gut mit den Menschen zu meinen. Der Wind wehte schwach und die Temperatur hatte sich bei dreiundzwanzig Grad eingependelt. Monika Blockmann verstaute die restlichen Einkäufe in den Schränken der Küche. Sie sah dabei aus dem Fenster, schaute den Kindern beim Spielen zu. Im Hintergrund hörte sie ihren Mann die Garagentore schließen. Sie wohnten ein wenig abgelegen und das Gehöft, mit seinen Wiesen und Wäldern bot für die Kinder jede Menge Gelegenheit sich auszutoben. Die Haustür klappte und ihr Mann Felix, kam mit einem Summen auf den Lippen in die Küche. Auf jeder Seite trug er einen Kasten Getränke die er, laut schniefend, neben dem Kühlschrank stellte. Er grinste, hatte gute Laune." Wo sind die Kinder?" und schielte dabei selbst aus dem Fenster. Die sind draußen und spielen Verstecken! Was ist los? Warum grinst du so?" Sie mußte selbst ein wenig schmunzeln. Es wirkte geradezu ansteckend. "Ich fühle mich einfach gut. Das ist alles!" Er hatte die ganze Woche hart in der Tischlerei gearbeitet und freute sich auf das Wochenende. Sein kurzes braunes Haar schimmerte in der Sonne. Er umarmte seine Frau von hinten und gab ihr einen Kuß auf die Wange. Er roch das Shampoo in ihren blonden, schulterlangen Haaren. Seine Hände glitten auf ihren Bauch und streiften sanft darüber. Monika war im vierten Monat schwanger und Beide fühlten sich einfach glücklich. Sie sahen zusammen aus dem Fenster den Kindern beim Spielen zu und zunächst dachten sie an ein Flugzeug, daß ein wenig zu tief flog, aber der Schatten glitt immer mehr herab. Senkte sich unheilvoll auf ihren Sohn hinab. Sie sahen es jetzt genau. Es war kein Flugzeug.

Jennifer und Benjamin waren Zwillinge, acht Jahre alt und so lebhaft wie andere Kinder auch. Sie spielten Verstecken und der Junge war diesmal an der Reihe seine Schwester zu suchen. Er stand an der Wand eines alten Schuppens und zählte.
"Eins, Zwei, ... neun, Zehn! Ich suche!"
"Du schummelst ja! Das ist gemein!" Jenny protestierte lukte hinter der großen Eiche, die mitten auf dem Hof stand, hervor. Sie warf, mit einer schroffen Geste, ihr langes ,braunes Haar nach hinten.
"Stimmt ja gar nicht! Ich hab dich!" Er schlug mit der rechten Hand an die Schuppenwand.
"Jetzt mußt du suchen!" Benny entfernte sich vom Schuppen, merkte nicht, wie der Sand um ihn herum aufgewirbelt wurde.
"Ach, mit dir zu spielen macht keinen Spaß!" Sie sah nach oben und erschrak.

Ihre Augen traten aus den Höhlen hervor und ehe sie sich auch nur einen einzigen Zentimeter bewegen konnte wurde ihr Bruder brutal gepackt und mit einem markerschütternden Schrei in die Höhe gerissen. Jenny schaute hinter dem Schuppen hervor. Auch sie schrie so laut sie nur konnte. Sie hatte große Angst, rannte aber ohne viel zu überlegen auf ihren Bruder zu um ihn zu helfen. Doch er war schon viel zu hoch. Sie sprang noch einmal, jedoch vergebens.

Der Junge spürte Kühle in seinem Rücken und ehe er sich hatte umdrehen können, wurde er von hinten gepackt und emporgehoben. Monika und Felix trauten ihren Augen nicht. Die Frau rannte aus der Tür hinaus und Felix nahm den direkten Weg durchs Fenster. Er stob auf den Platz zu, auf dem noch vor wenigen Augenblicken seine Kinder gestanden haben, stolperte und fiel der Länge nach in den Staub. Er raffte sich wieder auf, griff nach dem Fuß seines Jungen. Seine Hand umschloß den Knöchel Benjamins, versuchte ihn nach unten zu ziehen. Doch seine Beine baumelten in der Luft. Der Mann schwang sich durch die Luft.

Benny schrie vor Schmerzen auf. Aber das schien nur Bruchteile von Sekunden zu dauern.
"Ist dir etwas passiert? Mein Baby!" Sie nahm ihre Tochter, die etwas Abseits stand, in die Arme.
"Nein! sagte sie weinend. "Ab ins Haus!" schrie Felix.
Ohne auch noch ein einziges Wort zu sagen lief sie mit Jenny ins Haus. "Benny?" schrie Felix. Erst jetzt konnte der Mann erkennen, von was sein Sohn da in die Höhe gezogen wurden. Vogel. Es war ein riesiger Vogel. Mit einer Flügelspannweite von mindestens sechs bis acht Metern. Er war pechschwarz und sein Krächzen schallte wie eine Sirene in seinen Ohren. Er rannte zum Geräteschuppen holte sein Fahrrad hinaus. Er durfte den Vogel nicht außer Sichtweite lassen. Ließ er es doch zu, war sein Sohn verloren. Er trat in die Pedalen. Schweiß tropfte von seiner Stirn hinab. Mehr jedoch von der Angst um sein Kind ausgelöst als von der Anstrengung. Er fuhr die Auffahrt hinab, blickte nach oben. Der Vogel flog in südlicher Richtung, auf ausgestreckte

Waldgebiete zu. Er trat mit aller Kraft in die Pedalen, sauste einen ebenen Feldweg entlang. Wenn er die Wälder vor dem Tier nicht erreichte hatte er keine Chance mehr den Weg zu folgen den sie nahmen. Das Kind lag auf dem Bauch, als es wieder aufwachte. Der Junge lag ungemütlich. Das Holz von Ästen piekte ihm in die Haut. Ihm war warm und kalt zugleich. Er versuchte sich aufzurichten. Doch ein brennender Schmerz ließ ihn wieder zurücksinken. "Mama? "Seine Kehle war trocken und auch nur das eine Wort verursachte in ihm Unannehmlichkeiten. Sein Blick stierte wie durch ein Nebelschleier ,der sich nur sehr langsam verzog. Aber seine Mutter antwortete nicht. Nur ein Piepsen und Krähen machte ihm darauf aufmerksam, daß er hier nicht allein war. Er drehte sich um, ohne auf die aufkommenden Schmerzen zu achten. Er erschrak auf das heftigste.
Felix trat noch kräftiger in die Pedalen. Das Fahrrad kam wegen der schlechten Wegverhältnisse nur sehr schlecht voran. Der Bewuchs des Waldes wurde immer dichter. Sträucher versperrten den Weg und

abgestorbene Zweige knackten in monotoner Regelmäßigkeit unter den Reifen. Felix war verzweifelt. Er wußte nicht, wo er zu suchen hatte. Seine Gedanken waren noch bei seinem Kind, als plötzlich das Fahrrad ruckartig unter ihm stehenblieb. Sein Gesicht verzerrte sich als er, im hohen Bogen über das Lenkrad katapultiert wurde und mit einem hohlen Ächzen auf den Lippen ins Waldlaub fiel. Er stöhnte auf, als er mit dem Gesicht voran auf den belaubten Boden des Waldes aufschlug. Ihm wurde schwarz vor Augen.
Benny sah zwei großen Vögeln in die Augen. Er wich entsetzt zurück, bis er die Begrenzung des Horstes erreicht hatte. Sie waren so riesig. Mindestens so groß wie ein Schäferhund, ging es ihm durch den Kopf Das Piepsen der Tiere klang äußerst penetrant. Benny war versucht, sich die Ohren zuzuhalten. Mußte sich jedoch auf die eine oder andere Art festhalten. Er bekam einen, fingerdicken, Ast zu fassen, warf ihn nach den verdutzten Vögeln, die ihn fast gleichzeitig auffingen und ihn nach einer kurzen Rangelei zerbrachen und wieder

ausspiehen. Die Tiere kamen wieder vorsichtig näher.

"Haut ab! Laßt mich endlich in Ruhe! " Doch kaum hatte er es ausgesprochen, wurde ihm klar, daß es sich bei den Vögeln nur um Junge handelte und das die Elterntiere noch nicht da waren. Der Wind frischte stark auf, pfiff auffrischend über den ganzen Horst. Der Himmel verfinsterte sich. Benny sah auf, wie sich riesige Krallen auf ihn hernieder stürmten. Wie betäubt sah er sich

der tödlichen Gefahr gegenüber. Er schloß die Augen, doch das überraschte Krächzen des Riesenvogels ließ sie ihn wieder öffnen. Jemand zerrte an den Krallen und dieser jemand, ließ ihn ein Lächeln über die Mundwinkel fahren. Es war sein Vater.

Felix hatte sich erholt, war zunächst ziellos durch den Wald gelaufen. Erst, als aus dem lauen Lüftchen, starke Böen wurden, wurde er aus seinen eintönigen Gedanken gerissen. Die schwarzen Umrisse des riesigen Vogels flogen über die Baumwipfel. Er sah in die Flugrichtung. Sah einen hohen abgestorbenen

Baum, der auf einer Lichtung stand und auf dessen oberster Spitze sich ein gewaltiges Nest erhob.
"Benny!" Felix schrie gegen den Wind. Er wußte, das sein Sohn ihn dadurch nicht hören konnte. Er lief so schnell er nur konnte, bis er den Baum erreicht hatte. Wie sollte er da nur herauf kommen? Der Baum war abgestorben und hatte bis in einer Höhe von sechs Metern keine Äste mehr. Er konnte nicht einfach so dastehen und nichts machen. Seine Hände krallten sich um den Stamm. Zentimeter um Zentimeter rutschte er so in die Höhe. Noch bevor der riesige Vogel auf seinen Horst landen konnte, griff er nach dessen Füße. Zwei Fingernägel brachen von der rechten Hand. Felix verzog vor Schmerzen das Gesicht. Der Mann machte sich so schwer er konnte. Strampelte mit seinen Beinen wild um sich.
Der Junge sah, wie sein Vater irgendwie versuchte, den Vogel loszuwerden. Das nahm er sich zum Beispiel und schlug mit den Fäusten auf die, immer aufdringlicher werdenden, Jungtiere ein. "Junge, ich helfe dir!"

"Papa, ich helfe dir!" kam es von beiden gleichzeitig aus den Mund. Benny kam dem Rand des Horstes wieder viel zu nahe. Doch dieses mal hatte er nicht soviel Glück, wie zuvor. Seine Augen wurden größer, als er zu fallen begann. Er schrie vor großer Angst auf. Seine Arme wirbelten verzweifelt durch die Luft und mit einem Ruck blieb er plötzlich stehen.

"Halte dich gut fest, mein Junge!" Felix hatte seinen Jungen während des Falles am rechten Arm gepackt. Er konnte gar nicht hinsehen, doch zum Glück hatte es geklappt. Benny klammerte sich so fest er konnte. Obwohl er Mühe hatte sich festzuhalten fühlte er sich sicherer als da oben in dem Nest.

Felix sah nach unten, schätzte ab ob er einen Sprung riskieren sollte oder nicht. Wenn es sich nur um ihn selber handeln würde, dann hätte er gewiß nicht so lange überlegt. Aber sein Sohn könnte sich dabei ernsthaften Schaden zuziehen.

"Alles in Ordnung mit dir? " Felix schrie laut. Es war aber schon ein Wunder, daß er überhaupt reden konnte. Sie wurden mächtig

von den riesigen Vogel durchgeschüttelt. Der Donnervogel versuchte mit dem Schnabel auf dem Kopf des Mannes einzuhacken. Mit etwas Glück jedoch, konnte Felix sich aus der Gefahrenzone bewegen.
n Scheiße! Verpiß dich endlich Du Arsch!" Er zog sich mit einem Arm hoch, versuchte mit den Zähnen eine der Krallen zu erreichen. Der erste Versuch schlug fehl. Doch beim Zweiten, klappte es. Er biß dem Vogel in den Fuß. Es riß ihm dabei zwei Zähne heraus. Blut lief ihm den Mundwinkeln herab und färbte dabei das halbe Gesicht rot. Der Donnervogel schrie unterdrückt auf, versuchte die Beute los zu werden. Er schwebte dabei nach rechts und trieb Felix und seinen Jungen auf den Baum zu. Der Mann schlug heftig dagegen, wurde für einen kleinen Augenblick ohnmächtig. Nur einen kurzen Moment, doch ausreichend den Halt zu verlieren und in die Tiefe zu stürzen. Mit einem dumpfen Aufprall schlugen sie auf, richteten sich aber wie Stehaufmännchen wieder auf.

"Los, schnell weg hier!" Zum Glück landeten sie auf einen weichen Waldboden, verletzten sich nicht ernsthaft. Sie liefen unter dem rauschenden Blätterdach, sahen nicht zurück. Nach einigen Minuten erreichten sie einen Waldweg, verlangsamten ihren Lauf und gingen behäbig vor sich hin. Erst jetzt bemerkte Felix wie sein ganzer Körper schmerzte.
"Mit dir alles in Ordnung, Benny?" Er musterte seinen Sohn sorgfältig.
" Mir geht es gut!" Benny war schon wieder so munter wie ehedem. Er lachte vor sich hin und sprang vergnügt auf und ab.
" Ganz sicher?'
"Ja, Papi! Du siehst aber gar nicht gut aus! " Benny blickte besorgt auf seinen Vater. Eine ganze Anzahl von Wunden blutete vor sich hin. Es sah aber viel schlimmer aus, als es wirklich war.
" Meinst du, so sehe ich von Geburt an aus? "Benny grinste. nicht wirklich überzeugt und sie gingen, ab und zu mit Jubel auf den Lippen, den Weg entlang nach Hause.

Monika und ihre Tochter standen schon seit einer ganzen Weile an der Einfahrt zum Hof. Sie waren sehr besorgt, ließen ihre Blicke in die Richtung schweifen in der der Vogel mit Benny verschwunden war. Jennifer weinte leise vor sich hin.

"Sie kommen bestimmt bald wieder!" Monika versuchte ihre Tochter zu trösten, nahm sie auf den Arm. Aber so groß ihre Hoffnung auch war, glauben daran konnte sie aber auch nicht.

" Da sind sie! "Jennifer entglitt den Armen ihrer Mutter und lief auf die beiden Heimkehrer zu, die gerade hinter einer Reihe von Bäumen auftauchten. Monika, die die beiden erst bemerkte, rannte ihnen mit einem Gefühl von Freude und Sorge entgegen.

"Geht es euch gut?" Sie umarmten einander und nichts könnte dieses ausgesprochene Glücksgefühl beschreiben, das die Familie einschloß.

"Ich habe schon schlimmere Tage erlebt!" Doch Felix wußte, daß dem nicht so war. Er konnte kaum schmerzfrei sprechen und möglicherweise hatte er sich ein paar Rippen gebrochen. " Bring' die Kinder ins Haus. Ich

schließe das Tor und komme gleich nach."
Ohne ein Wort zu entgegnen nahm Monika die Kinder bei der Hand und ging zur Haustür.
Der Wind frischte merklich auf, wirbelte den trockenen Sand über den Hof. Felix hustete, schloß das Tor. Er sah nach oben, als sich die Sonne verfinsterte. Im Spiegel seiner angstvoll dreinblickenden Augen, stürzte sich der riesige Donnervogel auf ihn.
Mit unsagbaren Entsetzen sah die Familie wie sich das Ungeheuer auf ihren Mann und Vater stürzte. Die Krallen gruben sich in die Schultern des Mannes und mit einem gewaltigen Hieb des Schnabels, riß er Felix den Kopf ab und trug den Körper davon, während der Kopf über den staubigen Hof rollte.
"Felix !!! Der spitze Schrei der Frau hallte Echogeifernd über die Wiesen und verlor sich in den traurigen Weiten des Rhinluchs.

Donnervogel (Eine von alten Völkern überlieferte, mystische Vogelart die mit ihrer Größe die Menschen in der Vorzeit in Angst und Schrecken versetzte.)

JAGD IM MORGENGRAUEN

Der zwölfjährige Phillip stand, auf seinem schon etwas klapprigen Rennrad gestützt, am Straßenrand und betrachtete das vor ihm liegende Teil des Luchgebietes. Es war Oktober. Die Tage wurden kälter und die Luft war ziemlich diesig. Im spärlichen Licht der Morgensonne, schob leichter Wind die tiefsitzenden Nebelbänke vor sich her und schloß das unter ihm befindliche Land in einem fast durchgehend weiß leuchtenden Schleier. Nur vereinzelt durchbrachen höher gewachsenes und einige Bäume den Nebel. Phillip fröstelte. In der vergangenen Nacht sanken die Temperaturen bis auf Minus sieben Grad Celsius. Ein Wetterumschwung der ziemlich überraschend kam, denn noch am Donnerstag zeigte die Quecksilbersäule unglaubliche zweiundzwanzig Grad an. Ein Umstand der immer wieder vorkommen

konnte, besonders dann, wenn sich der Sommer dem allmählichen Ende näherte, die Herbststürme die Blätter von den Bäumen wehen und das Laub seine Farben ändert wie ein Schauspieler seine Charaktere. Das Hecheln der dunklen Gestalt die neben ihm kauerte störte ihn nicht. Er sah seinen Hund an. Der wedelte mit der Rute munter drauf los, als wolle er sagen:
"Los Kumpel laß uns endlich weiter gehen, mir wird allmählich langweilig." Ein Lastkraftwagen kam mit hoher Geschwindigkeit die Straße entlang. Er nahm die Kurven ziemlich flott, rutschte mit dem Hinterteil auf der reif bedeckten Fahrbahn weg, bekam sich aber wieder unter Kontrolle, nur um mit dem gleichen Tempo weiter zu fahren. Die Scheinwerfer zerschnitten das dunkle Blau, welches sich nur langsam in ein helleres des Tages eigene Farbe verwandelte.
"Frei. Komm mein Junge. Wir müssen los, sonst bekommen wir noch mit Opa Ärger."
"FREI!" entsetzt weitete Phillip seine Augen.
"FREI! KOMM SOFORT HER!" seine Stimmbänder waren bis aufs äußerste

gespannt. Die Lichtkegel blendeten Beide. Während Phillip seinen rechten Arm vor die Augen hielt, sah der Hund ungeschützt in das Licht, unfähig sich auch nur einen Zentimeter zu bewegen. "FREI!" der Junge schrie so laut er konnte. Der Hals schmerzte und plötzlich wurde ihm bewußt, das Rufen nichts nutzte. Der Hund stand mitten auf der Straße und wenn er nicht bald was unternahm, war aus dem guten Frei nichts weiter übrig, als eine schleimige rote Masse die noch so lange zuckte, bis alle Lebensgeister sich verzogen hatten. Eine Hand fuhr nervös durch sein schulterlanges blondes Haar. Jetzt hieß es keine Zeit mehr zu verlieren. Er warf das Fahrrad beiseite, das mit einem metallischen Krachen auf den gefrorenen Sommerweg fiel und lief auf Frei zu mit der Absicht, ihm am Halsband zu packen und von der Straße zu ziehen.

Hans Fritsche steuerte seinen Zwanzigtonner auf der einsamen Landstraße dahin, ein kleines Dorf

und ein anschließendes Gehöft hinter sich lassend. Die einsetzende Morgendämmerung zeichnete
tiefes Blau auf den Himmel, der sich im Osten gelb und rot färbte. Leicht einfallendes Sonnenlicht ließ einen atemberaubenden Blick auf das Nebel verhangene Rhinluch zu. Das interessierte dem Vierzigjährigen nicht im geringsten. Vielmehr war er damit beschäftigt, einen vernünftigen Sender in sein Radio zu bekommen.
"Diesen Müll kann sich doch kein normaler Mensch anhören." sagte Hans zu sich selbst und verzog sein faltiges Gesicht, als eine ihm unbekannte Gruppe, ihre scheußliche Musik von sich gab. Er drehte weiter den Knopf nach allen Seiten. Das Wirrwarr aus Musik und Wortfetzen ging ihm auf den Geist.
Auf dem einen Sender gab es Klassik. Nichts für ihn. Auf einen andren Nachrichten. Nicht interessant genug. Auf den nächsten. Endlich was vernünftiges. Gerade als er sich wieder voll den Verkehr widmen
wollte sah er wie zwei winzige Lichtpunkte auf ihn zurasen. Er sah nicht den Jungen der

kurz vor dem blauen Fahrzeug auftauchte. Es ging alles ziemlich schnell. Ein leises Krachen und das Aufjaulen eines Hundes ließen ihm für einen Moment die Nackenhaare aufrichten.
"Scheiß Töle!" Der rechte Fuß, der für einen Augenblick hochschnellte, trat das Gaspedal wieder voll durch.
"Das hast du nun davon. Alter Streuner!" Der Fahrer grinste, das graue Haar fiel ihm auf die Stirn und er warf es mit einer lockeren Kopfbewegung wieder zur Seite. Die Änderung der Fahrtrichtung anzeigend, lehnte er sich gemütlich zurück und fuhr auf die Autobahn, die ihm seinen Bestimmungsort ein Stück näher brachte. Kurz bevor der Lastkraftwagen die Körper erfassen konnte, erreichte Phillip seinen Hund und zog ihn aus der Gefahrenzone. Frei schlug mit der Hinterhand an die Stoßstange des Fahrzeugs. Er heulte kurz auf und landete mit seinem Herrchen auf reifbedecktes Gras.
"Willst Du uns umbringen. Wenn Du nicht fahren kannst, dann laß es andere für dich tun! ALTER WICHSER!"

Frei wußte gar nicht so recht was vorgefallen war. Er lag nur da und sah verdutzt zu Phillip der wutentbrannt neben ihm auf dem kalten Boden saß und mit drohender Faust dem Laster hinterher fluchte.
"Hast Du dir etwas getan?" fragte er das Tier. Genau wissend das er sowieso keine Antwort bekommen würde.
"Scheint noch alles dran zu sein." stellte der Junge nach kurzer Kontrolle fest. Erst jetzt bemerkte er wie brennender Schmerz sich langsam an der linken Hand hochzog. Schmutz klebte an der offenen Schürfwunde, aus der in kleinen Rinnsalen Blut quoll.
"So'n Mist! Sieh Dir nur mal an wie ich aussehe! Mutti wird nicht gerade begeisterte sein, wenn sie das sieht."
Seine blauen Jeans hatten jetzt an den Knien zwei kleine Löcher ,die eigentlich nicht der Rede wert waren. Doch seine Jacke war auf der linken Ärmelseite von oben bis unten zerrissen. Er holte sein noch weißes Taschentuch aus der Hosentasche und wickelte es fest um die blutende Hand.

SO EIN IDIOT! Der Junge hob sein Fahrrad auf. Auf die paar Kratzer mehr, die auf den Schutzblechen jetzt waren, kam es nun auch nicht mehr an. Er schwang sich auf den Sattel und spürte die feuchte Kühle an seinem Hintern. Phillip dachte daran, das er nicht so lange auf dem kalten Boden hätte sitzen dürfen und bog dann links ab. Kurz darauf verschwand er im immer dichter werdenden Nebel.

"Was für ein Brocken!" Alfred Sellmann staunte nicht schlecht, als er durchs Fernglas einen riesigen Keiler sah. Franz, der neben ihm auf dem Fahrersitz eingenickt war, schob seine Schirmmütze aus dem Gesicht. "Nicht mal ein bißchen pennen kannste hier." sagte er verständnislos.
"Scheiß drauf! Sieh dir lieber den Keiler da drüben an. " Franz horchte auf.
"Wo?"
"Zehn Meter vor uns. Am Waldrand."
Sellmann hielt seinem Kumpel das Fernglas direkt vor die Nase.

"Ja jetzt seh ich ihn auch. Wenn nur nicht solche Suppe wäre."
Die beiden Männer hatten Mühe überhaupt was zu erkennen. Und meistens auch nur dann, wenn sich der Nebel für einen kurzen Augenblick lichtete. "Den holen wir uns." Stutz und Sellmann stiegen sofort aus.

Genau zu der Zeit, wo sich Franz und Alfred fertigmachten um das Tier zu erlegen, flog Phillip auf dem Rennrad heran. Er hatte es satt seinen Hund zu sich rufen, der befand sich ständig auf Fährtensuche und ließ sich auch von seinem rufenden Herrchen nicht stören. Sie fuhren über die Plattenstraße und hielten an eine Grabenüberfahrt. Phillip wollte einige Steine auf die dünne Eisdecke werfen. Es machte einfach Spaß dabei zuzusehen wie das Eis in sich zerbrach und das Wasser hervor spritzte. Er wählte sich den linken Graben aus, denn der rechte führte zuwenig Wasser oder war teilweise versandet.
Die Hundeleine wickelte er sich fest ums Handgelenk und legte das Fahrrad auf die Auffahrt. Doch plötzlich stand sein schwarzer

Schäferhund wie angewurzelt da und starrte mit gespitzten Ohren zu ein angrenzendes Wäldchen. Der Junge wußte nicht was er davon halten sollte. Der Hund wurde immer unruhiger. Er zog und zerrte, fing an zu quengeln.

Die Jäger schossen fast gleichzeitig. Und auch zusammen stießen sie ein Fluch aus. Sie hatten ihre Beute Beide verfehlt und nur an der Hinterhand des Tieres eine ziemlich große Wunde verursacht.
"Er darf uns nicht entkommen." Stutz legte einen kurzen Sprint hin während sein Kumpel noch einmal schoß.
"Komm laß uns abhauen. Den kriegen wir nie." Stutz hielt inne und sah noch einmal in das vor ihnen liegenden Wäldchen.
"Na gut, laß uns den Ärger bei Dir zu Hause runterspülen!"

"Was ist denn nun schon wieder los?" Phillip keuchte und stemmte sich mit aller Kraft in den Boden. Es schien nicht von Erfolg gekrönt

zu sein und erst recht nicht, als mehrere laute Kracher die nebelschwangere Luft durchliefen. Der Junge flog im hohen Bogen nach vorn und landete mit einem schweren Seufzer direkt auf seine Nase. Die Hundeleine löste sich. Phillip prüfte seine Nase und stellte zu seiner Freude fest, das sie nicht gebrochen war. Doch Blut rann aus den Nasenlöchern. Seine Augen tränten. Während er sich aufrappelte zog er ein nicht mehr ganz frisches Taschentuch aus seiner Hosentasche; wischte das Blut ab und sah mit zittrigen Knien in die Richtung aus der die vermeintlichen Schüsse herkamen. Die Morgensonne hatte mittlerweile die Sicht erheblich verbessert. Sie hing als milchig weißer Ball über dem Horizont und brachte ein wenig Wärme auf das gefrorene Land. Frei war mittlerweile in den Wald gelaufen, bellte frohlockend vor sich hin.
"Komm zurück!" Phillip zischte wütend. Er war ziemlich außer sich und verspürte nicht die geringste Lust seiner streunenden Töle nachzujagen. Sein Unterkiefer schmerzte. Zuerst fühlte es sich ganz warm an , doch dann wurde es empfindlich kühl. Das Sonnenlicht

blendete die Augen so, das er eine Hand schützend darüber halten mußte. "Das kann doch gar nicht wahr sein." Der Junge schimpfte. "Jedesmal dasselbe mit dem Vieh." Mit einem halben Ohr nahm er aus geringer Entfernung ein Auto wahr. Nebensächlichkeiten. Der Hund mußte her. Plötzlich riß ein qualvoller Schrei das Luch aus seinen eigentümlichen Schlaf. Dann hörte er auf. Einen Lufthauch lang war nur das knisternde Geräusch brechender Zweige zu vernehmen. Doch was er dann hörte,
war mehr als nur ein Schrei. Das hysterische Gekreisch durchbrach alle Mauern des Ertragbaren. Phillip spürte, wie seine Knie immer weicher wurden. Ein kalter Schauer nach dem anderen lief ihm über den Rücken.
"Frei!?" Mehr Frage als Anruf, kam nur schwer über die trockenen Lippen. Ein Wimmern, nur etwa zwanzig Meter von seinem Standort entfernt, setzte ein. Wurde dumpfer und erstarb abrupt. Von diesem Zeitpunkt an glaubte er, daß sein treuer Begleiter tot war. Der Junge war neugierig. Er wollte die Ursache für das eben vorgefallene

überprüfen, doch die Beine schienen wie gelähmt. Es brach ein Gewitter aus Tränen aus ihm hervor. In Sturzbächen flossen sie die Wangen herab und benetzten den verschmutzten Kragen seiner Jacke.

Der Grund für den tatsächlichen Tod des Schäferhundes stand unter einer verkrüppelten Erle und beobachtete mit zornigem Auge das Menschenkind. Es stand noch immer auf der Grabenüberführung und starrte ihn an. Es war der Keiler den Stutz und Sellmann zuvor mit ihren Flinten am Hinterlauf verletzten. Hautfetzen und Fleischreste hingen aus der offenen Wunde heraus. Das Tier grunzte vor Schmerzen auf. Der Kampf mit dem Tier hatte die Verletzung erheblich verschlimmert und ihm einer Menge seiner ursprünglichen Kraft beraubt. Doch am Ende wendete sich das Blatt zu seinen Gunsten. Jetzt lag der Feind gut verwahrt unter einer Decke aus Reisig und Sand. Aber jetzt muß dieser kleine Mensch büßen. GRUNZ.
Das Wildschwein stob direkt auf ihn zu. In einer anderen Welt versunken bemerkte er

spät das Tier auf ihn zukommen. Der Junge drehte sich um, fuhr mit der rechten Hand hinter sich, in der Hoffnung sich das Fahrrad zu schnappen und sich so schnell wie möglich aus dem Staub zu machen. Vergeblich. Die Hand faßte ins Leere.
GLEICH HAB ICH DICH! Und er schrie laut auf, als er einen heftigen Stoß an seiner Ferse spürte. Mit einem gewaltigen Satz sprang er auf und sprintete los. Hätte sein Sportlehrer den folgenden Lauf gestoppt wären diesen mit mit größter Sicherheit Stielaugen gewachsen. Denn das war jetzt ein absolutes Rekordrennen.
LAUF NUR. ICH KRIEG DICH DOCH!
Die Beine von Phillip Schulz glichen Stelzen aus Pudding. Der Selbsterhaltungstrieb war jedoch
stärker als die aufkommenden Gedanken ans Aufgeben. Er holte das letzte aus sich heraus und rannte so schnell wie ein Hase.
Er lief jetzt auf einer großen Wiese. Hier stand nichts im Weg und man konnte ungehindert fliehen. Oder etwa nicht?

Phillip spürte den Atem des Verfolgers buchstäblich im Rücken. Aus seinen Augenwinkeln heraus konnte er sehen, wie sich der Keiler immer langsamer bewegte und schließlich ganz zum stehen kam.
SIEHST DU, NUN HAB ICH DICH ! Das Tier hielt an und trabte nach wenigen Sekunden gemächlich weiter.
Als er sich wieder auf die Laufrichtung konzentrieren wollte gefror sein eben noch Hoffnung schöpfender Verstand. Die Wiese war zu Ende und ein Schauer des Entsetzens lag auf seinem kindlichen Gesicht. Vergeblich strampelten seine Füße ein oder zweimal durch die Luft und tauchten Augenblicke später in kniehoch tiefes Wasser ein. Ein Entwässerungsgraben zerschnitt den sicher geglaubten Fluchtweg. Daran hätte er vorher denken müssen. Doch das war leicht gesagt, wenn man nicht den wandelnden Tod im Nacken hatte. Vor Nässe triefend und am ganzen Körper zitternd, glitt er die Grabenwand empor und schob vorsichtig seinen Kopf über deren Rand. Doch das war ein schwerer Fehler. Sein letzter Blick erfaßte

den graubehaarten Unterkiefer des Keilers der sich rasend Schnell auf ihn zubewegte. Der abgebrochene Stoßzahn wirkte wie eine Säule einer zerfallenen griechischen Ruine. Und der rechte, noch völlig intakte? Ein gewaltiger Schmerz durchflutete seinen Kopf als der sich in seine Stirn bohrte und helle Gehirnmasse, vermischt mit Blut, aus ihn austrat. Dann umgab ihm Dunkelheit und ein Licht, daß so wunderbar sanft auf seinen Geist wirkte,kam näher und nahm ihn in seinem Inneren auf.

Nach einer großangelegten Suche, fand ein Fährtenhund die stark verstümmelte Leiche von Phillip Schulz. Gleich daneben, der aufgedunsene Kadaver des alten Keilers, der sich in seinem Todeskampf an die Seite seines Opfers legte und dort verendete. Bauern und Radwanderer, die sich in der Umgebung hin und wieder aufhielten, berichteten übereinstimmend von einem etwa dreizehnjährigen Jungen mit blondem Haar, der besonders an nebligen Tagen über die Wiesen des Rhinluchs lief und nach irgendetwas Ausschau hielt. An seiner Seite folgte ihm stets ein schwarzer Schäferhund. Vielleicht war es Phillip, der nach seinem verschwundenen Fahrrad suchte. Denn dies konnte bis zum heutigen Tage nicht aufgefunden werden.

SCHLANGEN

Es war ein warmer Sommertag, an dem die Temperaturen dem Sommer aller Ehre machten. Ernst, ein Mitvierziger mit kurzen graue Haaren, fuhr mit seinem Wagen durch eine dieser typisch brandenburgischen Alleen. Das Autoradio war eingeschaltet und in den Nachrichten kam auch nichts neues. Da war ein Haus abgebrannt, da wurde Krieg gemacht, da sind Giftschlangen verschwunden. Alles Neuigkeiten, die Ernst nicht interessierten. Er war auf den Weg nach seiner neuen Flamme Paula. Sie hatten sich erst vor zwei Wochen kennengelernt und heute war der Tag, an dem er sie zum ersten Mal flachlegen wollte und außerdem lernte er ihre Eltern kennen. Das hatte er sich vorgenommen und dieser Tag war so schön, daß sie es im Garten treiben konnten. Sie war acht Jahre jünger als er und so begehrenswert, daß sein Herz stark zu klopfen begann, nur wenn er an sie dachte. Und es war fast immer so.

Auf der Straße war nicht all zuviel los. Kaum ein Fahrzeug. Nur ab und zu ein Reh was über die Straße lief. Er trank einen Schluck nach dem anderen, aus der Wasserflasche. Doch diese Wärme trieb ihn den Schweiß auf die Stirn. Was war das nur für ein schöner Tag. Die leichte Brise des Windes strich sanft über die reifen Kornfelder. Ernst fuhr rechts an den Straßenrand, weil er austreten mußte und hier weit und breit keine Menschenseele war. Die Sonne brannte ihn auf seine hohe Stirn, als er über den Sommerweg ging und ins hohe Gras trat. Was für eine Wohltat. Er sah nicht, wie sich das Gras bewegte. Er hatte die Augen geschlossen und als er sie wieder öffnete, zischte blitzschnell eine Schlange auf ihn zu. Der Mann riß die Augen weit auf, als sie ihn in den Penis biß. Ernst schrie vor entsetzen auf. Es tat nicht sehr weh, das würde sich jedoch bald ändern.

Ein älteres Ehepaar fuhr mit dem Fahrrad die Straße entlang. Sie unterhielten sich darüber, was der heutige Tag noch bringen sollte. Sie waren auf den Weg nach ihrer Tochter als plötzlich ein Mann auf die Straße lief und hysterisch schrie. Die alten Leute sahen, daß er irgend etwas in der Hand hielt konnten aber nicht genau erkennen um was es sich handelte.
„Sieh mal, er hat eine Luftpumpe in der Hand. Vielleicht hat er eine Panne." Die alte Frau wollte anhalten. Doch ihr Mann schrie: „Laß uns abhauen!" Jetzt erkannte die Frau, was er da hielt und trat voll in die Pedalen.
„Sie Ferkel, sie! Sie sollten sich was schämen!" und es dauerte nicht lange, da waren sie hinter der nächsten Abbiegung verschwunden.

Ernst hatte Panik. Sein bestes Stück war dermaßen angeschwollen, das selbst das beste Potenzmittel dagegen wie kalter Kaffee wirkte. Die Schmerzen steigerten sich in Unerträgliche und sein Kreislauf machte ihn auch zu schaffen. Er sah die beiden Radfahrer und rief nach Hilfe. Sie stockten erst kurz und

traten dann stärker in die Pedalen. Was sollte er nur machen? Er brauchte Hilfe und das sofort. Das Gift begann langsam stärker zu wirken. Er sah benommen, wie ein Kradfahrer auf ihn zufuhr und faßte sich, wie in Trance, an den Penis, der sich tiefrot gefärbt hatte.
„Hilfe! Helfen sie mir!"
„Du hast wohl Latte!" raunte der erschrockene Kradfahrer und fuhr mit quietschenden Reifen davon. Ernst wurde zunehmend schwächer. Seine Schmerzen schienen sich hinter einen dunklen Schleier zu verstecken. Er fiel kopfüber ins hohe Gras, wo er nur wenige Minuten später das Zeitliche segnete.

Das ältere Ehepaar war bei ihrer Tochter angekommen. Als sie den Hof betraten, traf auch ihr Sohn, mit dem Motorrad ein. Ihre Tochter saß im Garten und hatte bereits den Gartentisch gedeckt.
„Du kannst dir nicht vorstellen, was wir eben erlebt haben." Ihre Mutter war noch völlig außer Atem. „Da war ein Lustmolch auf der Straße und hat uns mit seinem heraushängendem Geschlechtsteil belästigt."

„Den habe ich auch gesehen, den Perversen. Ich habe einfach Gas gegeben und weg war ich." Dietmar, der Sohn setzte sich mit den anderen an den Tisch und sie schüttelten die Köpfe.
„Du sag mal Paula, wollte nicht dein neuer Freund auch kommen?" fragte der alte Mann seine Tochter.
„Ja. Ich weiß aber auch nicht, wo Ernst bleibt. Vielleicht hat er kalte Füße bekommen.

ABSCHIED

Ist es wirklich ein Abschied. Ich weiß es nicht. Eines ist klar. Ich liebe das Leben, doch wenn ich liebe endet das alles in Schmerz. Ich liebe dich! Und ich liebe deine Schwester!. Bin ich ein schlechter Mensch, weil ich die Schwester meiner Frau liebe? Ich habe dir gesagt. Du akzeptierst es ohne es gut zu heißen. Auch Annegret habe ich es gebeichtet und ich muß sagen, daß es der größte Fehler meines Lebens gewesen war. Jetzt zeigt sie mir offen ihre Abneigung. Sie dreht sich weg, wenn ich sie in den Arm nehme. Ich glaube, es ist eine

Reaktion auf mein Geständnis. Sie ist Mutter und verheiratet. Ich habe nicht vor eine Ehe zu zerstören, nicht Annegrets und schon gar nicht meine. Aber meine Gefühle zu ihr aufgeben, das werde ich auch nicht. Ich hoffe, das du mir das nicht übel nimmst. Doch das Leben ist nicht gerade einfach. Der graue Alltag und die schwere Arbeit stürzen mich in tiefgreifende Depressionen. Geradeheraus. Mich kotzt das alles an. Ich muß jetzt Schluß machen, mein Zug wartet. Ich werde dich immer lieben. Karl.

Sie hielt den Abschiedsbrief in den Händen. Ihre Hände zitterten. Sie konnte das alles nicht begreifen. Sie mußte, so schnell wie möglich, zum Bahnhof. Mußte ihn bitten zu bleiben, ihn anflehen. Es war doch alles halb so schlimm. Sie nahm ihre Jacke, warf die Tür ins Schloß und lief so schnell wie möglich zum Bahnhof.

Karl stand am Imbiß und kaute genüßlich an einer Currywurst. Das Wetter war schön. Das interessierte ihn jedoch nicht sonderlich. Er sah auf die Uhr. Nur noch wenige Minuten bis sein Zug kam. Sein Gesicht war blaß und in seinem Inneren zitterte er. Er warf den Abfall in die Mülltonne, machte sich auf den Weg zum Gleis.

Anna lief über die Straße vor dem Bahnhof. Achtete nicht auf die Autos die bremsen mußten und deren Fahrer Flüche aus den Fahrzeugen schickten. Sie lief die Treppe hoch. Als sie oben angelangt war, schaute sie nach allen Seiten. Karl stand fünf Meter entfernt am Gleis.
„Willst du mich alleine lassen?" fragte sie ihn vorwurfsvoll. Er sah auf den Boden unschlüssig, was er sagen sollte.
„Ist es wegen Annegret? Wie ich sie dafür hasse!"
Karl sah ihr in die Augen. „Sie kann doch nichts dafür!"
„Erst verdreht sie dir den Kopf und dann behandelt sie dich wie der letzte Dreck. Und ob sie etwas dafür kann."
„Ich habe ihre Körpersprache mißverstanden!"
„Körpersprache. Von mir aus kannst du mit ihr ins Bett gehen, so viel du willst, aber verlaß

mich nicht.!" Der Zug war nicht mehr weit, man konnte ihn schon hören.
"Du bist die schönste und beste Frau, die man sich wünschen kann!" Karl lächelte.
"Verlaß mich nicht!" sagte Anna hoffnungsvoll und lächelte dabei.
"Da ist mein Zug. Ich liebe dich über alles. Leb Wohl!"
VORSICHT BEI DER DURCHFAHRT DES ZUGES!: erklang laut die Durchsage. Im selben Moment, in dem der Zug den Bahnhof passierte, trat Karl zwei Schritte vor und warf sich vor dem, dröhnenden, Zug. Blut spritzte in Annas Gesicht und sie schrie hysterisch als ihr klar wurde, daß ihr Mann für immer von Ihr gegangen war.

MIT DER LIEBE KOMMT DER TOD

Jenny lächelte, als sie sich anzog. Sie wollte heute, mit ihrem Freund Michael, durch die Stadt bummeln. Sollten alle Leute sehen, wie verliebt sie war. Es war draußen warm und deshalb entschied sie sich für einen superkurzen Minirock. Ihre Beine konnten

sich sehen lassen, dessen war sie sich sicher.
Ein bauchfreies Top und die Männer würden
sich scharenweise umdrehen. In der Küche
liefen im Radio die Nachrichten. Das wird der
wärmste Tag des Jahres. Die Selbstmordrate ist
so hoch wie seit langen schon nicht mehr.
Warm. Warm war schön. Sie war schön. Sie
betrachtete sich im Spiegel und ihr gefiel, was
sie da sah.

Michael ging die Häuserblocks entlang. Er
pfiff leise vor sich hin. Er ging zu seiner
Liebsten. Michael war so glücklich. Am
liebsten würde er die ganze Welt umarmen. Er
ging zu seiner Liebsten, verbrachte den ganzen
Tag mit ihr. Er kam an einem Blumenladen
vorbei. Die schönsten Rosen, für die schönste
Frau. Die Frau im Blumenladen lächelte, als
sie den großen Strauß Blumen für ihn band.
Konnte sie erkennen, wie verliebt er war? Er
ging seinen Weg weiter. Er, mit einem großen
Strauß Blumen im Arm. Zwei junge Mädchen
drehten sich um, kicherten. Insgeheim
wünschten sie sich auch solch einen
aufmerksamen Freund. Er drehte ab in einen

Wohnblock, sah auf die Türklingel und drückte sie.

„Danke, mein Liebling!" Jenny roch an den Blumen und war begeistert.
„Michael, wollen wir heute Brücken zählen gehen?" In ihren Augen blitzte blanke Lebenslust.
„Ja, Klar! Mit dir ist es immer ein Vergnügen." Mit einem Lächeln auf den Lippen, machten sie sich auf den Weg.

Hand in Hand gingen sie durchs Viertel. Sie war eine bildhübsche Frau von einundzwanzig Jahren mit schulterlangen, braunen Haaren und eine tolle Figur. Er drei Jahre älter, muskulös mit dunkelblonden, kurzen Haaren. Ein schönes Paar. Die Leute drehten sich nach ihnen um und das genossen sie.
„Wie viele Brücken haben wir bis jetzt gezählt?" fragte Michael mit ein wenig Ironie in seiner Stimme.
„Fünfzehn!" sagte sie kurz.
Sie kamen auf eine abgelegene Fußgängerbrücke, die über einen Fluß führte

und hielten den Atem an. Ein älterer Mann, Mitte fünfzig, stand am Brückengeländer und beugte sich tief hinunter. Sie sahen sich an und dachten beide an das Gleiche.
„Tun sie das bitte nicht!" schrie Jenny, als sie auf den Mann zu gingen.
Er drehte sich verwirrt nach allen Seiten. Als er sie sah, lächelte er verlegen.
„Wenn sie das machen, wird niemand erfahren, was ihnen bedrückt. Es ist keine Lösung, sich das Leben zu nehmen. Sie stand direkt neben ihn.
„Ich will mir nicht das Leben nehmen." Sagte der alte Mann, der das Mißverständnis aufklären wollte.
„Aber wir wollen es dir nehmen!" Michaels Gesicht wurde finster. Er griff den verdutzten Mann am Kragen und Hosengurt und warf ihn übers Geländer. Er schrie, bis er mit dem Kopf auf einen Vorsprung des Brückenpfeilers krachte. Die beiden sahen ihn nach bis er, im Wasser des Flusses, versank.
„Das war Nummer sechzehn." frohlockte Jenny. Mit einem mörderischen Grinsen auf den Gesichtern gingen beide unerkannt fort.

Sie freuten sich ihres Lebens und wußten, das die Liebe die schönste Sache der Welt war.

KEIN LICHT IN DUNKLER NACHT

(Nach einer wahren Begebenheit)

Der alte Heinrich Lembold saß vor dem Fernseher und sah sich einen albernen Film an. Er war neunzig Jahre alt und hatte viele Leiden. In seinem Alter hatte man überall seine Wehwehchen. Er konnte nur noch schlecht sehen., doch hören konnte er noch gut. Ratten, wie sie auf dem Dachboden umherirrten. Ihr quietschen. Er kalter Schauer überkam ihn. Wie er sie haßte. Als er noch seinen Hund hatte, hielt der sie ihm vom Leibe. Der gute alte Max. Er wurde vor zwei Wochen von einem Auto überfahren. Jetzt hatte er niemanden mehr. Niemanden, der sich um ihn kümmerte, wenn es ihm schlecht ging. Niemanden, der ihm diese widerlichen Ratten vom Halse hielt. Da waren sie wieder. Er horchte. Das Krabbeln der Nager, nagte an seine Nerven. Er schaltete den Fernseher

lauter. Doch das Krabbeln übertönte das Gerät. Heinrich mühte sich aus dem Sessel. Gestützt auf zwei Krücken , schob er sich in den Flur. Plötzlich schreckte er auf. Eine Ratte huschte über seine Füße. Er schlug mit einer Krücke nach ihr, verfehlte sie aber.
„Es ist mein Haus und ich bin es immer noch, der hier das sagen hat!" schimpfte Heinrich, obwohl er wußte, daß ihn die Tiere nicht verstehen konnten. Der Eimer neben ihn klapperte. Er striff mit einer Krücke darüber. Der alte Mann trat mit voller Wucht gegen den Eimer., der im hohen Bogen gegen die Tür flog. Er freute sich über den gelungenen Tritt. Bereute ihn aber gleich wieder, da sich seine Hüfte wieder bemerkbar machte. Langsam klangen die Schmerzen ab. Die Ratte verschwand und auch sonst war nichts mehr von den Viechern zu hören oder zu sehen. Heinrich atmete auf. Er humpelte zur Haustür und ging vor die Tür um nach Luft zu schnappen. Es war dunkel und kein Licht verirrte sich in dieser finsteren Nacht. Der schwarze Kater seiner Nachbarn, die in zweihundert Metern Entfernung, ihr Gehöft

hatten, lungerte ums Haus herum. Er machte das häufiger und manchmal nahm ihn Heinrich mit ins Haus und gab ihn eine Schale Katzenfutter.
„Na, wir zwei alten Kater brauchen Wärme, was?" Der alte Mann lächelte. Das Tier schlafenzelte um ihn herum und verschwand im inneren des Hauses. Lembold freute sich über die willkommene Abwechslung. Er schloß die Tür hinter sich und gab dem Tier was zu fressen. Während der Kater genüßlich sein Futter kaute, setzte sich Heinrich wieder in sein Fernsehsessel. Kurze Zeit später, nickte er ein.

Heinrich wachte wieder auf. Er wußte nicht, wie lange er geschlafen hatte. Der alte Mann brauchte einige Sekunden um seine Orientierung wiederzufinden. Da war es wieder, dieses unerträgliche Piepsen der Ratten. Er erhob sich vom Sessel, ging in den Flur. Heinrich wich erschrocken zurück. An der Stelle, an der sich die Schale mit dem Katzenfutter befand, nagten ein Dutzend

Ratten an dem blutigen Gerippe des Katers herum.

„Verschwindet ihr Mistviecher!" Er schlug mit der Krücke zu und Ratten zerstoben sich im Haus. Sein Herz schlug bis zum Hals. Er bekam es mit der Angst zu tun. Trotzdem mußte er den alten Kater entsorgen. Jedenfalls das, daß von ihm übrig geblieben war. Er ging in die Küche um sich eine Müllschippe und einen Handfeger zu holen. Ihm wurde warm. Der Schweiß perlte kalt über seine Stirn. Seine Brust schnürrte sich zu. Er schnappte nach Luft. Schmerzen in der linken Brusthälfte ließen sich ihn dorthin greifen. Ihm wurde schwarz vor Augen und er stürzte rücklings zu Boden. Ihm Dämmerzustand nahm er war, wie sich etwas um ihn herum bewegte. Ihm zwickte es an den Füßen. An den Händen. Zwischen den Beinen zerrte etwas an ihn. Er versuchte zu schreien. Doch es fehlte dem alten Mann der Atem dazu. Heinrich spürte, wie es immer mehr wurden. Sie bissen ihn in die Ohren, zerrten daran. Er schrie. Doch der Schrei wurde zu einem unterdrückten Würgen, als sich eine Ratte in seinem Mund bohrte.

Ihm wurde schwarz vor Augen und er bekam nicht mehr mit, wie hunderte Ratten ihn zerfetzten.

Zwei Wochen später wurde die Feuerwehr zu dem Haus gerufen. Die Nachbarn hatten sich Sorgen gemacht, da von dem alten Herrn Lembold, nichts mehr zu sehen war. Zwei Feuerwehrmänner brachen die Tür auf und gingen ins abgelegene Haus. Wenige Augenblicke später stürmten sie wieder hinaus. Sie waren blaß und übergaben sich. Von dem alten Mann waren nur noch Reste übriggeblieben und die Ratten hatten sie in dem ganzen Haus verteilt. Sie nagten immer noch daran. Gerade diesen Anblick würden die Männer, in ihrem ganzen Leben, nicht vergessen.

WINTERZEIT

„Papa bauen wir einen Schneemann?" fragte der kleine Junge seinen Vater und sprang vom Küchentisch hervor, an dem die Familie ihr Frühstück einnahm.

„Setze dich hin und esse dein Frühstück. Vielleicht bauen wir nachher einen." Der resolute Ton des Mannes ließ den Jungen wieder auf seinen Platz setzen. Zuerst war er enttäuscht, doch das hielt nicht lange an. Seine Augen strahlten, als er aus dem Fenster sah und den dichten Flockenwirbel an den Scheiben herniederschweben sah.

„Und danach fahren wir Schlitten, ja?" Dana Winker machte ihrem Vater schöne Augen. Der hatte sich auf ein erholsames Wochenende gefreut. Lorenz wog das Für und Wider ab und entschied, daß er in dieser Sache nachgeben würde. Seine Kinder würden ihm doch keine Ruhe geben. Er trank einen Schluck Kaffee, verzog angewidert das Gesicht. Der war nur noch lauwarm und schmeckte eher wie besseres Spülwasser.

„Scheiß Brühe!" zischte er und warf seiner Frau Laura einen bösen Blick zu. Sie nahm wortlos seine Tasse, schüttete den Inhalt aus und goß frischen Kaffee ein.

„Danke!" knurrte der Mann, nahm einen kräftigen Schluck und war zufrieden. Lorenz Winker war ein Morgenmuffel und wenn es nicht nach seiner Sache ging, war er unausstehlich. Sein fünfjähriger Sohn Florian stocherte mit der Gabel in seinem Rührei herum. Er konnte nicht still sitzen und rutschte von einem Teil des Stuhls auf den anderen. Seine, ein Jahr ältere, Schwester war ruhiger. Sie kaute genüßlich das Essen, blieb dabei still sitzen. Nur ab und zu schaute sie mit leuchtenden braunen Augen durchs Fenster ins Freie. Der Schneefall nahm zu, wurde durch stärker aufkommenden Wind dermaßen durcheinandergebracht, das man kaum etwas erkennen konnte.

„Papa, kuck mal!" Lorenz hatte sich nicht einmal ganz umgedreht, schon spürte er den kalten, nassen Schnee in seinem Gesicht. Florian lachte stampfte durch den hohen Schnee und versuchte sich hinter dem zweiten Zaun, der das Grundstück umgab, zu verstecken.
„Das gibt Krieg!" sagte Lorenz laut lachend, schaufelte mit beiden Händen Schnee vom Boden und warf ihn auf seinen Sohn.

„Nicht getroffen, nicht getroffen!" quiekte der Kleine vergnügt, obwohl er von diesem Volltreffer fast vollständig begraben wurde.
„Dann muß ich eben noch genauer zielen." Doch ehe er wieder eine neue Gelegenheit bekam, traf ihn etwas kaltes im Nacken. Er drehte sich überrascht um. Dana bückte sich, formte einen Schneeball und sah ihn dabei belustigt an.
„Zwei gegen einen, das ist unfair!" Lorenz tat so als wollte er fortlaufen, grinste.
„Nein Papa, das ist schlau!" und schon explodierte eine dieser kalten Bomben auf seinen Brustkorb. Auch Florian warf einen Schneeball aus der anderen Richtung. Lorenz sank getroffen zu Boden.
„Gewonnen!" riefen die Kinder, fast im gleichen Atemzug und warfen sich brüllend auf ihn.
„Hilfe, Hilfe! Ich gebe auf!"
„Du mußt uns was bezahlen!" rief Dana stockend vor Lachen.
„Was verlangt ihr?"
„Einen großen Kuchen und ein Eis!"

„Ja mit vielen Erdbeeren drin!" bekräftigte Florian die Forderung seiner Schwester.
„Den Kuchen bekommt ihr, aber statt dem Eis trinkt ihr lieber heißen Kakao!"
„Prima!" schrien sie wider wild durcheinander, ließen aber von ihrem Vater ab und halfen ihm beim aufstehen.
„Los, Papa. Jetzt bauen wir einen Schneemann." Die Kinder trieben Lorenz an und nach nur kurzer Zeit, hatten sie einen gewaltigen Schneemann gebaut, der mindestens eine Höhe von zwei Metern, wenn nicht sogar noch mehr. Die Augen bildeten zwei große Kohlestücke und für die Nase hatte Florian eine große Möhre aus der Küche stiebitzt. Sein Vater hatte ihm gesagt, das er sich nicht von seiner Mutter erwischen lassen sollte, sonst würden sie ihm seine eigene Nase anstecken. Er hatte es sich zu Herzen genommen und wurde nicht erwischt. Als sie fertig waren, stellten sie sich vor dem großen Meisterwerk. Ihre Augen leuchteten und alle waren stolz auf den Schneemann.
„Wer hat Hunger?" rief Lorenz vergnügt.
„Ich!" rief Florian.

„Und ich!" rief Dana.
„Ich auch!" Gutgelaunt verschwanden die drei nur wenige Augenblicke später im Haus.

„Ist das lecker, Schatz!" Lorenz schaute aus dem Fenster zum Schneemann und fühlte sich gut.
„Hat ja auch ne Menge Arbeit gemacht." Laura lächelte. Lorenz wußte eben wenn es Zeit war für ein Kompliment.
Die Kinder saßen am Tisch und sagten kein Wort. Sie aßen genüßlich den Erdbeerkuchen und spülten ihn mit heißem Kakao hinunter.
„Wer hilft beim Abwasch?" fragte er die Kinder.
„Och Papa!" maulte Dana.
„Ich habe auch mal ein Kind gekannt, daß vor alle Arbeiten gedrückt hatte. Bis es eines Tages wieder Winter wurde und es mit seinem Vater einen Schneemann baute. Als sie fertig waren drehte sich der Vater um und das Kind war fort. Der Schneemann hatte es sich geholt."
Dana und Florians Kinnläden klappten, fast gleichzeitig , nach unten.

„Ich helfe dir, Papa!" sagte Florian leise. „Wir beide machen es!" setzte Dana noch hinzu. Lorenz freute sich darüber, daß sie ihn verstanden hatten. Er sah erneut aus dem Fenster und stutzte. Ihm war, als hätte sich der Schneemann ein Stück nach vorn bewegt. Er schüttelte verwirrt den Kopf. Vielleicht war er einer Sinnestäuschung erlegen. Jedenfalls konnte sich kein Schneemann bewegen, geschweige denn einige Schritte laufen.
„Seid ihr fertig?" Seine Kinder nickten mit den Köpfen und auch seine Frau schob den leeren Teller nach vorne um zu zeigen, daß sie satt war.
„Gut, dann los!"

Mit dem Abwasch kam er nur schleppend voran. Ihm ging das mit dem Schneemann nicht aus dem Kopf. Immer wider sah er aus dem Fenster und mußte jedesmal feststellen, daß sich der Schneemann ein weiteres Stück weiter bewegt hatte. Er hatte die Spüle gesäubert und sich danach eine dicke Jacke übergezogen. Der Schneefall hatte in seiner Intensität zugenommen. Der Weg vom Haus

zur Straße mußte freigeschaufelt werden. Keine leichte Arbeit. Denn es waren immerhin fünfzig Meter und die Schneedecke hatte schon eine Höhe von ungefähr fünfunddreißig Zentimeter erreicht. Lorenz stand im Schnee, in der rechten Hand die Schaufel und die Augen auf den herrlichen Flockenwirbel gerichtet. Er riskierte einen Blick auf den Schneemann. Er stand so fest auf dem Boden, be Stunde bis er die Hälfte erreicht hatte. Auf die Schippe gestützt, machte er eine Pause. Sein Herz schlug schneller. Durch die flotte Arbeit, war er ins Schwitzen gekommen. Der Schweiß rann die Stirn hinab und fiel in den Schnee. Plötzlich ertönte von Irgendwoher, das Knirschen von Schnee. Lorenz schreckte auf.
„Wer ist da?" rief er. Der Hof war leer und auch auf der Straße war weit und breit keine einzige Menschenseele zu sehen. Nur der Wind wehte das dichte Flockengewirr durcheinander. Er schaufelte weiter, versuchte seine Angst zu verdrängen.Er konnte nicht sagen, was hier los war. Wenn er es doch nur sehen konnte, oder wenigstens beschreiben. Aber das lag in weiter Ferne. Sein Herz raste

immer schneller. Bei jedem Handgriff ein Schlag. Der Puls schlug wie wild, und ließ sein Gesicht erröten. Wieder kam, von der Seite, das Knirschen des Schnees das ihm das letzte bißchen Verstand rauben wollte. Aus den Augenwinkeln sah er, wie sich etwas bewegte.neemann verzog das Gesicht. War das etwa ein Lächeln? Lachte er ihn etwa aus? Lorenz hob die Schaufel. Diese Frechheit mußte er ihm heimzahlen.

Die Kinder tobten durch die Zimmer und versuchten sich gegenseitig zu fangen. Sie stießen an dieses oder jenes Möbelstück, lärmten und schrien sich gegenseitig an.
„Geht das nicht ein bißchen leiser?" Laura hatte gerade das Abendbrot vorbereitet und saß auf der Wohnzimmercouch um sich ein wenig zu entspannen. Doch die unermüdlichen Racker schienen etwas dagegen zu haben. Sie achteten nicht auf sie und sie liefen weiter kreuz und quer durch das Haus und strapazierten weiter die Nerven ihrer Mutter.
„Habt ihr mich nicht gehört?" sagte sie nun etwas lauter.

„Wenn ich das Papa erzähle, dann könnt ihr was erleben, das verspreche ich euch!" Wie auf Befehl blieben Beide stehen, sahen sie mit großen Augen an.
„Wir sind schon ruhig!" sagte Dana etwas, kleinlaut.
„Na dann ist ja gut!" seufzte Laura beruhigt.
„Wo ist denn Papa?" fragte Dana, die sich neben ihrer Mutter auf die Couch setzte.
„Der schiebt draußen Schnee!"
„Dürfen wir raus gehen?"
„Wenn ihr wollt. Aber bleibt auf dem Hof und in einer halben Stunde gibt es Abendbrot. Sagt es auch eurem Vater."
„Ist gut!" Dana sprang von der Couch und war nach wenigen Augenblicken mit ihrem Bruder aus dem Zimmer verschwunden.

Die Kinder liefen schreiend um das Haus. Der tiefe Schnee machte das Gehen beschwerlich. Nach wenigen Metern gerieten sie völlig aus der Puste. Sie versanken, bis zu den Knien, im Schnee. Sie machten kehrt und stampften zu dem Weg, den ihr Vater freigeschaufelt hatte.

Doch wo war er? Nirgends war eine Spur zu sehen.

„Papa?" rief der kleine Florian und sah sich um. Aber er bekam keine Antwort. Der Junge war enttäuscht und Dana ging den Weg entlang bis er zur Hälfte abrupt endete.

„Papa? Wo bist Du, wir sind hier?" Danas Augen weiteten sich. Sie sah ihn nicht. War er wieder ins Haus gegangen? Sie waren ihm aber nicht begegnet. Es war aber möglich, daß er zur Hintertür hineingegangen war. Sie stoben zu dem Schneemann, der majestätisch im Schneegestöber stand und sich durch nichts aus der Ruhe bringen ließ. In der Hand hatte er eine Schaufel und für die Kinder sah es lustig aus, als wenn der Schneemann gerade von der Arbeit nach Hause kam. Florian formte sich ein Schneeball und warf ihn nach seiner Schwester, die wich aus und warf ihrerseits einen zurück. Sie traf nicht ihren Bruder, sondern den Schneemann, von dem ein Stück seines Kopfes abbröckelte. Dana schrie hysterisch auf, als sie genauer hinsah. Unter dem abgebröckelten Teil des Schneemannkopfes entblößte sich das Gesicht ihres Vaters der sie mit starren, glasigen Augen traurig ansah.

MORGENDÄMMERUNG

Es war ein wunderschöner, wenn auch recht kühler Märztag. Die Sonne schien vom strahlend blauen Himmel und zauberte Uwe ein Lächeln auf sein Gesicht. Er kam vom Einkaufen und fuhr mit dem Auto die Straße entlang. Da er alleinstehend war, konnte er es ruhig angehen lassen. Außerdem war Wochenende und deshalb entschloß er sich, einen Abstecher ins Rhinluch zu machen. Er bog von der Landstraße in einen Wirtschaftsweg ein. Deren verschobene Betonplatten ließen ihn die Füße vom Gas nehmen. Er wollte keine Panne riskieren, da sich die nächste Ortschaft erst in fünfzehn Kilometern Entfernung befand. Rechts und links des Weges, zogen Wiesen vorbei. Die waren, nach dem Winter, völlig von Wasser bedeckt. Wildgänse flogen über ihn hinweg. Auf den Weg in den Norden machten sie im Rhinluch Rast. Er bog wieder ab. Bäume

zogen jetzt am Auto vorbei. Er dachte an den kalten Winter und das es jetzt wieder wärmer wurde. Die Plattenstraße führte ihn immer tiefer ins Luch. Verflixt! Langsam verlor er die Orientierung. Er strich durch sein braunes, kurzes Haar. Die Wege hier sahen alle gleich aus und eine Beschilderung erübrigte sich, da die Plattenstraßen für den öffentlichen Verkehr so oder so nicht freigegeben waren. Scheiße! Er fluchte leise vor sich hin. Die Platten endeten abrupt vor einem brachliegenden Feld. Da die Wendemöglichkeiten begrenzt waren, mußte er auf den Rand des Feldes um zu wenden. Sollte er es riskieren? Die rabenschwarze Erde war völlig durchgeweicht und er würde sich auf jeden Fall fest fahren. Er versuchte es. Als hätte er es geahnt, blieb er im Morast stecken.
"Blöder Volltrottel!" zischte er zu sich selbst. Was er auch versuchte. Es war vergebens. Er öffnete die Tür und stieg aus, wollte ansehen, was er da vollbracht hatte. Der dreißigjährige ging ums Auto stolperte und landete der Länge nach auf dem Feld. Er fluchte wie ein Rohrspatz und strampelte, im Morast, hin und

her. Er kam wieder auf die Beine, blieb aber im tiefen Grund stecken. Was er auch anstellte, es mißlang. Er kam nicht aus dieser schwarzen Masse hinaus. Das Auto war zwei Meter entfernt. Er versuchte mit der Hand danach zu greifen. Vergeblich.
"Hilfe!" schrie er mehrmals. Doch er wußte auch, daß niemand ihn hören konnte. Über ihn flogen Scharen von Wildgänse. Er sah nach oben. Im selben Moment landete eine Ladung Gänsescheiße in seinem Rachen. Er verschluckte sich, mußte sich mehrmals übergeben.
"Igitt! Ihr Scheißviecher!" Sein Ekel war schier grenzenlos. Er bekam diesen Geschmack nicht aus seinen Mund. Sein hin und her strampeln hatte ihn noch tiefer in den Morast gleiten lassen. Bis zu den Knien stand er jetzt darin. Die Sonne ging langsam unter und ihre wärmende Kraft ließ langsam nach. Auch Uwes Bewegungen wurden langsamer. Er schloß die Augen.

Uwe wachte ruckartig wieder auf. Es war dunkel und er fror. Er war eingeschlafen. Als

er seine Situation erneut einschätzte, wurde er panisch. Er schrie, so laut er konnte. Irgend jemand mußte ihn doch hören, mußte ihn herausholen. Er horchte, aber da war nichts. Keine Antwort. Nur diese verdammten Wildgänse.
"Verpißt euch, ihr Scheißer!" brüllte er und lachte dabei, wie von Sinnen. Plötzlich war ein Luftgeräusch zu hören. Es kam immer näher, wurde lauter. Uwe sah nach oben.
"Nicht schon wieder!" sagte er und im selben Augenblick fiel ihm eine Wildgans direkt auf den Kopf und brach ihm das Genick. Mit der Wildgans auf dem Kopf fiel er nach hinten und machte seinen letzten Atemzug.
INNERE WUT

Florian stand auf sah aus dem Fenster. Ein trüber, kalter Herbsttag der den mies gelaunten Mann den Rest gab. Florian war ein Morgenmuffel der sich durch die kühle Wohnung zwang und ins Badezimmer ging. Er sah ein müdes, altes Gesicht. Obwohl er erst fünfundvierzig war, sah er aus als hätte er die fünfzig schon überschritten. Er warf sich

mehrere Hände kaltes Wasser ins Gesicht, wusch sich den Schlaf aus den Augen. Als er sich anzog, setzte er sich lieber, um nicht gleich auf den Boden zu fallen. Er arbeitete als Maler, doch die nächsten Tage hatte er frei. Er wollte heute in die Stadt fahren und sich neue Bücher kaufen. Florian las immer noch gerne, eine Angewohnheit, die er schon seit dem frühen Kindesalter pflegte. Mit dem letzten Buch `Die letzte Reise`, war er schon in den letzten Zügen. Es waren spannende Kurzgeschichten und er mochte sie unheimlich gerne. Vielleicht gab es von dem Autor noch andere Bücher. Nach und nach würde er sie sicher alle kaufen. Er schloß die Haustür und ging zu dem, auf seinem Hof, abgestellten Auto. Es fing zu regnen an. Nach dem er das Hoftor geöffnet hatte, hielt er kurz inne. Hinter seinem Rücken schlich sich ein Fuchs auf das Grundstück. Er drehte sich um und das Tier blieb stehen.
"Na mein Kleiner? Du siehst ja nicht gerade gesund aus!" In der Tat sah der Fuchs ziemlich zerzaust aus und als er ihn ansprach zuckte er ängstlich und quietschte laut.

"Hau ab!" Florian wurde vorsichtiger. Der Fuchs wirkte zu zutraulich für ein wildes Tier und das er auf Geräusche dermaßen reagierte, wie er es tat, war sehr bedenklich.
"Na los!" Der Fuchs schlich vom Grundstück, aus der Sichtweite Florians. Er stieg ins Auto und als er die Autotür schließen wollte, war plötzlich der Fuchs wieder da. Er schrie als er von der Tür eingeklemmt wurde und biß Florian in die Hand.
"Au, du verdammtes Mistvieh!" Das Tier stob schreiend davon. Florian sah sich die Wunde an, die nicht sehr groß und auch nicht sehr tief war. Speichel lief ihm von der Haut. Hatte der Fuchs Schaum ums Maul? Er hatte nicht darauf geachtet. Wenn der Fuchs Tollwut hatte, würde es ihm schlecht ergehen. Aber er glaubte es nicht. Das Tier sah gesund aus. Jedenfalls soweit er es beurteilen konnte. Wie dem auch sei. Er ließ sich nicht den Tag verderben. Mit einem Lächeln auf den Lippen fuhr er davon.

Zwei Tage vergingen. Zwei Tage zwischen Hoffen und Bangen. Es war schon dunkel. Im

fahlen Licht der Schreibtischleuchte stand im Wohnzimmer Florian und horchte in sein Körper. Florian bekam vermehrten Speichelfluß. Sein Mund und sein Rachen fühlten sich jedoch trocken an. Er empfand jedes, auch noch so leises Geräusch als überlaut. Sein Gehörgänge schmerzten und eine innere Wut erfaßte sein ganzes Wesen. Ein Auto fuhr an seinem Haus vorbei. Ein ungeheurer Schmerz durchfloß seinen Kopf.
"Hau ab, du Schwein!" schrie er laut. Bereute es aber sofort wieder, als die Schmerzen noch stärker wurden. Er hatte Durst, trank gierig eine Flasche Wasser aus und warf sie in die Zimmerecke. Der Aufprall glich eher dem einer Glocke, als den einer Flasche. Florian warf sich auf das Sofa, begrub seinen Kopf unter einem Kissen. Er schlief rasch ein, hatte aber einen unruhigen, wenig erholsamen Schlaf. Im Gegenteil. Seine innere Wut steigerte sich enorm. Ihm war so heiß, daß er seinen Kopf, zur Kühlung, in den Kühlschrank steckte. Von der anderen Straßenseite drang Gegröle in sein Ohr. Jedes Wort bohrte sich in sein Gehirn und machte ihn noch rasender. Er

trat gegen alles, was ihm in die Quere kam. Florian stürzte durch die Tür ins Freie. Er brauchte frische Luft. Er brauchte Hilfe. Der junge Mann, lief auf die andere Straßenseite. Dort befand sich eine Kneipe. Alles war so laut, doch er brauchte unbedingt Hilfe. In der Kneipe war es schier unerträglich. Die Lautstärke, das grelle Licht machten in zu schaffen.
"Ich brauche Hilfe!" zischte er gereizt. Er lehnte, mit gesenktem Kopf, am Tresen. Schaum trat aus seinem Mund.
"Was ist denn los?" fragte der Wirt ruhig. Das Gemurmel, in der Kneipe, nahm zu und plötzlich brach es aus ihm heraus. Florian nahm eine Flasche und zerschmetterte sie auf den Kopf des verdutzten Wirtes. Der brach, blutüberströmt, zusammen und rührte sich nicht mehr. Einige Gäste wollten ihm helfen wurden aber von dem tobenden Mann niedergetreten und mit Fäusten traktiert. Er bewaffnete sich mit Flaschen und schlug wild um sich. Einer nach dem anderen fiel ihm zum Opfer. Ein Mann versuchte noch zu flüchten. Er erwischte ihn noch vor der Tür und schlug

solange auf ihn ein, bis er nicht mehr atmete. Überall verteilt lag ein Dutzend toter Männer. Seine Kraft ließ nach. Er sah aus dem Fenster auf die Wiese, im erleuchteten Biergarten. Dort lag der Fuchs, der ihn gebissen hatte. Sein Herz raste und hörte plötzlich auf zu schlagen. Die Augen verdrehten sich ein letztes Mal, als er tot zu Boden sank.

IST DAS LECKER

Bernd Hoßmann saß vor dem Fernseher und aß einen Pfannkuchen nach dem anderen. Er liebte es und er fühlte sich wohl damit. Auch wenn er dadurch über einhundertsiebzig Kilo wog, hatte er kein Problem damit.
"Hast Du noch ein paar?" Er lächelte seiner Frau zu.
"Na klar!" Sie lächelte zurück. Regina Hoßmann war eine zierliche Frau, die ihren Mann über alles liebte und ihm jeden Wunsch erfüllte. Es dauerte nicht allzu lange, bis sie mit einer gefüllten Schale Pfannkuchen zurückkam.

"Danke, mein Herz!" Bernd schlang sie, mit nur wenigen Bissen, hinunter. Er hielt kurz inne.

"Ich muß auf die Toilette, hilfst du mir?" Der fünfundvierzigjährige richtetet sich keuchend auf. Die Krümel der Kuchen verteilten sich vom Bauch des Mannes auf den Teppichboden.

"Ich sauge das gleich weg!" Regina half ihren Mann auf die Beine, holte den Staubsauger. Es dauerte nicht lange, da war der Boden wieder sauber. Regina faßte sich an ihren lädierten Rücken. Sie war, wie ihr gleichaltriger Mann, Frührentner. Sie, mit einem schweren Rückenleiden und er durch die verschiedensten, aus seiner Fettleibigkeit resultierenden, Krankheiten.

"Regina? Ich sitze fest!" Die Frau wußte nicht, ob sie lachen oder weinen sollte. Es war schon das dritte Mal, das er auf dem Klo festsaß.

"Was machst du denn da wieder, mein Großer?" Sie mußte ein Lachen unterdrücken, als sie eintrat.

"Ich sitze fest!" Bernd war das sichtlich peinlich. Er sah verschämt auf den Boden.

"Na dann holen wir dich da mal wieder runter." Regina faßte ihn an seinen Händen und lehnte sich mit aller Gewalt nach hinten.
" Gleich bist du frei! Noch ein wenig." Bernd kam ein bißchen hoch. Doch plötzlich rutschte Regina, mit ihren Händen, ab. Sie flog, mit voller Wucht, nach hinten in die Badewanne und schlug mit dem Kopf krachend an die Wand. Sie atmete kurz gurgelnd aus. Dann wurde es still. Blut lief aus ihren Mund und ihre Augen starrten in die Höhe.
"Regina! Bist du tot?" Bernd sah sie geschockt an.
"Regina?" Doch sie antwortete ihm nicht. Er schrie, so laut er nur konnte, nach Hilfe. Würde ihn jemand hören? Seine Regina brauchte Hilfe. Er versuchte wieder auf die Beine zu kommen. Doch es war vergeblich. Er warf eine Klopapierrolle an die Fensterscheibe. Dann eine Zweite. Die Dritte behielt er in der Hand. Statt dessen schnappte er sich die Klobürste und schlug gegen die Wand. Ihn würde niemand hören auch wenn er die ganze Woche schreien würde. Ein stechender Schmerz durchbohrte seine Brust

und nahm ihm die Luft zum atmen. Wie ein Fisch auf dem trockenen Land versuchte er am Leben zu bleiben. Doch nach nur wenigen Augenblicken starrten seine toten Augen an die Decke. Wie ein König aus dem Mittelalter, saß er auf seinen Thron. Mit der Klopapierrolle in der einen und der Klobürste in der anderen Hand.

NACH DER ARBEIT

Werner kam von der Spätschicht nach Hause. Er war erschöpft und ermüdet zugleich. Auf dem Nachhauseweg hatte er sich schon einen genehmigt. Angetrunken polterte er durch das Haus. Seine Frau und seine Tochter schliefen schon. Ob sie nun aufwachten oder nicht war ihm aber völlig egal. Er war der Herr im Hause und er bestimmte hier, wo es lang ging. Er setzte sich an den Küchentisch und vergrub seine Gesicht in den Händen. Strich durch sein weißes Haar. Werner arbeitete so hart für seine Familie, das er Verständnis von ihnen erwarten durfte. Er nahm einen kräftigen Schluck aus der Flasche, welche vor ihm auf dem Tisch stand. Sie war fast leer und er überlegte, an welchem Ort seine Frau den Nachschub versteckt hatte. Beim aufstehen stieß er den Tisch um.

Erna schreckte aus dem Schlaf, als sie den Lärm aus der Küche hörte. Ihr Mann wurde äußerst aggressiv, wenn er Alkohol getrunken hatte.
"Wo ist mein Schnaps?" Werner stand in der Tür. Er drohte mit dem Finger. Von Angst getrieben holte Erna eine Flasche Weinbrand unter dem Bett hervor und gab sie ihm.
"Warum denn nicht gleich so?" Ihr Mann hatte sich ein wenig beruhigt. Sie huschte an ihm vorbei und ging in die Küche um für ihn das Mittagessen warm zu machen.
"Wie war dein Tag heute?" fragte Erna als sie ihren Mann das Essen auf den Tisch stellte.
"Das war heute wirklich schwer." Lallte er laut zurück. Sie schloß die Tür, damit ihre Tochter nicht wach wurde. Die mußte morgen zur Schule und hatte schon genug unter ihrem saufenden Vater zu leiden.

"Mach` die Tür wieder auf. Es ist mein Haus und ich bestimme, was hier passiert."
"Franziska muß morgen in die Schule." Erna wagte sich ein wenig vor.
"Was?" Werner schrie schnaubend vor Wut. "Ich bin der Herr im Hause!" Mit einer ausholenden Bewegung schleuderte er den Teller, mit dem Essen, gegen die Wand. "Wage es ja nicht mir zu widersprechen!" Er schneuzte seine rote Nase und nahm dafür einfach nur die Hand. Den Rotz schmierte er in die Jacke.
"Vielleicht solltest du lieber ins Bett gehen." Erna war vorsichtig. Sie wollte ihn nicht noch mehr reizen.
"Raus hier!" schrie er aus vollem Halse. Er schob den Tisch bei Seite, so das er umfiel.
"Nimm deine Tochter und raus hier!" Erna drehte sich schnell um und lief durch den Flur. Ihre fünfzehnjährige Tochter stand schon vor der Zimmertür und weinte. Die beiden verängstigten Frauen liefen vor die Haustür. Der tobende Haustyrann hinter ihnen her. Erst als seine lallende Stimme leiser wurde

merkten sie, daß sie sich in einem Maisfeld befanden.
"Mir ist kalt, Mama!" Erna umarmte ihre zitternde Tochter. Sie versuchten sich gegenseitig aufzuwärmen. Es war empfindlich kühl in dieser Nacht und die dünnen Nachthemden, die sie trugen, ließen den kalten Wind ungehindert durch.

Werner tobte durch das Haus und konnte sich kaum beruhigen. Seine Frau hatte es gewagt, ihm zu widersprechen. Am liebsten würde er ihr eine Abreibung verpassen. Sollte sie doch draußen übernachten. Da wüßte sie ein Dach über den Kopf besser zu schätzen. Seine Leber schmerzte und er war sich sicher, das nur die Aufregung daran schuld war. Übelkeit kroch ihm in seinen Hals. Er torkelte zu Toilette, mußte sich geräuschvoll übergeben. Sein Bauch schmerzte als er, wie ein Betender vor einem Altar, auf die Knie sank. Immer und immer wieder übergab er sich, wischte sich mit Toilettenpapier über den Mund. Sein Kopf senkte sich ins Klobecken als erneut ein Schwall übelriechender Jauche sich aus seinem Innern ergoß. Er betätigte mehrmals die Spülung. Einmal. Zweimal. Dreimal.

Es waren gut zwei Stunden vergangen. Frau und Tochter zitterten vor sich hin. Sie horchten. Im Haus war es ruhig geworden. Sollten sie es jetzt wieder versuchen hineinzugelangen? Erna ging zögernd durch den Mais Richtung Haus.
"Mama, ich habe Angst!" Franziska sträubte sich ein wenig, doch ihre Mutter zog sie mit.
"Er ist sicher eingeschlummert. Es ist zu kalt um draußen zu schlafen." Franziska ging jetzt bereitwilliger hinter ihrer Mutter her.
Im Haus umgab sie eine wohlige Wärme. Das Licht war überall noch an, aber es war ruhig. Erna atmete erleichtert durch. Die Tür zur Toilette stand offen. Als sie sie schließen wollte, blockierte etwas die Tür. Ihnen stockte der Atem, als sie hineinschauten. Werner kniete vor der Kloschüssel und rührte sich nicht mehr. Seine Frau wollte ihn umdrehen. Er plumpste neben das Becken dessen Abflußrohr mit Papier verstopft war. Die Betätigung der Spülung hatte das Becken

gefüllt und darin war Werner ertrunken. Mutter und Tochter weinten leise. Sie liebten ihn als Mann und Vater. Doch sie haßten ihn auch als versoffenen Tyrannen, denn jetzt konnte er ihnen nicht mehr weh tun.

DES JÄGERS GRAB

Georg kam zur Morgendämmerung an seinen Jagdrevier an. Es war noch ziemlich kühl an diesem Herbsttag. Sein Dackel Rudi zappelte fröhlich an seiner Seite und freute sich auf den kommenden Tag. Georg Müller war ein Mann um die fünfzig, mit ausgehenden weißen Haaren, der seinen Bierbauch gerne zur Schau stellte. Er schob sie grüne Jägermütze beiseite und kratzte sich entspannt am Kopf. Mit der Flinte über die Schulter schlenderte er den Weg entlang, der zu seinem Hochstand führte. Seinen Geländewagen hatte er etwas Abseits abgestellt und er genoß die frische Luft des frühen Morgens. Rudis Gang wurde steifer, als ein Radfahrer ihnen entgegen kam.

"Guten Morgen, Georg!" Der Mann auf dem Rad war gut gelaunt.

"Morgen, Paul! So früh schon unterwegs?" Georg lächelte, denn Paul war ein guter Freund von ihm, der ihm im Aussehen stark ähnelte.

"Ach, ich wollte zum Karolinenhof. Mal schauen wie weit sie mit dem Umbau sind." Paul sah zur Seite auf den Graben und den daneben stehenden Hochstand.

"Der hat auch schon mal bessere Zeiten gesehen. Wenn du willst, baue ich dir da wieder einen Neuen auf." Paul war ein guter Handwerker und er verdiente sich ein kleines Zubrot damit, das er die verschiedensten Sachen reparierte oder neu baute.

"Das wäre nett. Vielleicht hast du nächste Woche Zeit?" Georg freute sich, das Paul es zur Sprache brachte. Der Hochstand war schon gefährlich wacklig und es wurde ihm immer wieder mulmig, wenn er ihn bestieg.

"Geht klar! Ich baue dir einen geschlossenen mit Sichtschlitz. Die einfachen hier sind für den Arsch. Also dann bis nächste Woche!"

Paul trat in die Pedalen und war bald hinter der nächsten Biegung des Weges verschwunden.
Georg lächelte. Ihm ging es gut und er freute sich auf einen gelungenen Tag. Vielleicht schoß er einen Bock und als er den schwankenden Hochstand hinauf kletterte verschwendete er keinen Gedanken mehr daran, wie gefährlich es war.

Es war fünf Uhr dreißig als er auf die Uhr sah. Er beobachtete die Gegend mit einem Feldstecher. Rudi zappelte aufgeregt neben ihm und genoß den seltenen Ausblick. Georg musterte behutsam die Gegend um das große Feld und dem grünen Windschutzstreifen. Hatte sich da etwas bewegt? Er stellte den Feldstecher etwas schärfer ein. Tatsache, da stand ein Bock am Feldrand.
"Da habe ich dich!" murmelte Georg, fast geräuschlos. Er legte den Feldstecher neben sich auf die Bank und nahm seine Flinte von der Schulter. Der Bock kam immer näher. Er war noch nicht in Schußweite, näherte sich nur langsam seinem Verderben. Rudi stand wie angespitzt neben seinem Herrchen. Er hatte

das Tier schon länger in der Nase und nichts konnte ihm von dieser Fährte abbringen. Georg beugte sich stärker nach vorn. Der Hochstand neigte sich mit ihm in dieselbe Richtung. Das Herz des Mannes schlug heftiger. Noch ein paar Schritte, dann hatte er den Bock voll im Visier. Eins, zwei, drei und Schuß. Ein ohrenbetäubender Knall durchschnitt die morgendliche Stille. Georg wurde, vom Rückstoß seiner Flinte, massiv in die Banklehne gedrückt. Der Hochstand ruckte nach hinten und hielt den Druck nicht mehr stand. Die hinteren Standfüße brachen wie Streichhölzer und ließen den Hochstand nach hinten wegfallen. Georg wirbelte mit beiden Händen in der Luft herum. Versuchte etwas zu greifen, an dem er sich festhalten konnte. Doch vergebens. Er stürzte rücklings auf dir Schräge des Grabens und blieb regungslos liegen.

Paul hatte den Schuß gehört und zuerst gedacht, daß Georg endlich seinen Bock geschossen hatte. Doch als er diesen erschrocken davonlaufen sah, wußte er es besser. Er war bereits auf dem Rückweg von seiner `Besichtigung` und lächelte. Jetzt konnte er Georg wieder damit aufziehen, was für ein mieser Schütze er doch war. Als er jedoch die Wegbiegung hinter sich ließ, erstarb das Lächeln plötzlich auf seinen Lippen. Der Hochstand war zusammengebrochen und lag in Trümmern neben dem Feld. Er sprang vom Fahrrad und stieß es von sich. Er konnte Georg nicht sehen und auch vom Hund fehlte jede Spur. Doch jeder Schritt den er auf den Graben zu machte bestätigte seine schlimmsten Befürchtungen. Georg lag kopfüber auf der Schräge des Grabens. Seine Beine lagen gerade zum Himmel, als versuchte er einen Hochstrecksprung. Sein Kopf war nicht zu sehen. Paul sprang ins Wasser in der Hoffnung, er könne noch etwas für Georg tun. Er hob dessen Kopf aus dem Wasser. Blut lief aus dem Mund und der Kopf rollte über die Schulter. Das Genick war gebrochen Und der arme Dackel Rudi war vom schweren Körper seines Herrchens in die lockere Erde der Grabenwand gedrückt worden. Nur noch sein Hinterteil ragte ein wenig heraus, mit seinen

Schwanz der aufgerichtet andeutete, daß er mit Stolz von dieser Welt ging.

LUCHWANDERUNG

Bernd Wellmann war einer dieser Typen die sich oft und gerne einen Einzelgänger nannten. Sein völlig vernachlässigter Körper und sein farbloses Gesicht, waren wenig dazu geeignet sich viele Freunde zu verschaffen. Sein Jähzorn war weithin bekannt und seine Streiche anderen gegenüber ließen Bekannte Abstand von ihm nehmen. Mochten sich doch alle zum Teufel scheren. Er mochte es gern, wenn ihn die anderen haßten. Das machte die Sache so richtig interessant. Die Leute ärgerten sich so schön. Das war doch toll. Außerdem, was ging ihm fremdes Elend an. Der Mann setzte sich ans Ufer des Rhin und wartete bis der erste Fisch endlich anbiß. Es war eine seiner Lieblingsstellen. Doch heute hatte er irgendwie kein Glück. Es machte ihn nicht zornig. Auch ohne einen Fang konnte er sich so richtig entspannen. Stunde um Stunde verging und als noch immer nichts an den

Haken ging, brach er abrupt ab. Er mochte es nicht zugeben, aber ein wenig angesäuert war er schon. Mißmutig packte er sein Zeug zusammen, stieg auf sein altes, rostiges Fahrrad und fuhr auf einem der vielen Wirtschaftswege, davon.

Der Wind frischte auf. Sand wurde aufgewirbelt und die Blätter in den Bäumen sangen ein aufreizendes Lied. Auf einen der großen Felder bestellte ein Traktor die Wintersaat.. Der Fahrer achtete nicht auf den Mann, der per pedes immer näher kam und genau in die Richtung zusteuerte, aus der eine gewaltige Wand aus Sand auf ihn zukam.

„Mist!" Er trat stärker in die Pedalen, als er sah, das ihn die dunkle Staubwand bald erreicht hatte. Schweiß perlte ihm von der Stirn. Der starke Wind kühlte ihn aus. Die Farbe der Staubwand änderte sich stetig. Erst gelb. Dann immer dunkler werdend. Bis sie die tiefschwarze Farbe des Luchbodens annahm.

Die Wolke zog näher und näher heran. Wellmann sah auf. Die östliche Himmelshälfte war wolkenlos. Blauer Himmel, bis zu den Windschutzstreifen zu seiner Linken. Hier schien eine Grenze zu bestehen. Eine magische Trennlinie, die das Leben vom Tod trennt. Zu seiner Rechten war die Sicht schon fast gleich null. Wenn er nur diese verdammte Hauptstraße erreichen konnte. Noch vier Kilometer. Eine Ewigkeit. Wenn ihn diese Staubwolke nicht umbrachte tat dies dieses Radfahren. Er keuchte und hechelte mit jedem Atemzug. Er war Raucher und jede Zigarette ließen ihm sein Herz stärker pumpen. Sport ist Mord und Bewegung ist Zerlegung. Würde er die Straße erreichen? Er hatte kein Glück im Leben. Die Frauen liefen ihn weg und was er anpackte, verdarb er. Er bekam nie eine zweite Chance. Vielleicht hätte er vieles besser machen können. Bernd spuckte aus. Solch sentimentale Überlegungen waren nicht seine Art. Er drehte sich um und die Staubwolke kam bedrohlich näher. Doch die rettende Straße auch. Es bestand noch die Hoffnung auf ein erfüllteres, besseres Leben. Die

Schutzbleche der Räder klapperten nach jeder überfahrenden Betonplatte, die jede einen Abschnitt in seinem Leben darstellen konnte. Schweißperlen rannen seiner Stirn hinab. Sie vermischten sich mit Sand und klebten unangenehm auf seiner Haut. Er wischte mit dem Ärmel übers Gesicht. Die Straße kam näher. Die Sandwolke flog rasend heran. Bernd trat nun noch fester in die Pedalen.
„Verdammter Mist!" schrie er lauthals aus. Sein Hals schmerzte vor Anstrengung. Sein Blick richtete sich zum Himmel, der mittlerweile nicht mehr so blau war wie noch vor ein paar Minuten.
„Tut mir leid!" murmelte er leise. Plötzlich und mit einem Anfall an Demut. Wenn er mit dem Leben davonkäme, würde er jeden Tag zu dem Gott beten, der ihm den Tod erspart hatte. Vorläufig. Sterben mußte er dennoch. Früher oder später. Eine totale Hoffnungslosigkeit umwölkte seine Gedanken. Aufgeben. Einfach aufhören sich abzumühen sein schäbiges Leben zu retten. Hinlegen auf den Plattenweg der, vor seinem Tod, ihm die Wärme aus seinem Körper zog. Doch er mußte kämpfen.

Es lohnte sich. Er spürte wider die Hoffnung, die ihm entschwunden schien. Die Oberschenkel spannten sich und er trat kräftiger in die Pedalen.

Die Mauer aus Staub war bis auf zweihundert Meter herangekommen. Kam bedrohlich näher und näher.

„Los, du Sack!" Er spornte sich an, holte alles aus sich heraus. Die Beine schmerzten unter der, fast übermenschlichen Anstrengung. Er dachte daran, das er nächsten Jahr bei einem sechs Tage Rennen mitmachen konnte und es auch noch gewinnen würde. Schneller! Schneller!

Die rettende Landstraße kam näher und näher. Nur noch hundert Meter trennten sich von ihr. Doch auch das Unglück hinter ihm kroch immer näher heran. Die ersten Sandkörner schlugen ihm in den Nacken. Er schrie ängstlich auf. Die Pedalen krächzten unter der tretenden Last. Das Fahrrad stobte noch einmal, wie unter einem Raketenantrieb, mit einem Satz nach vorne. Es waren nur noch Sekunden die er zu fahren brauchte. Aber die kamen ihn vor, wie eine Ewigkeit.

„Ich hab`s geschafft!" Die Bremsen brachten das Rad quietschend zum stehen. Er rutschte über den Sand der sich auf der Straße abgelagert hatte. Doch das machte nichts. Er jubelte und jauchzte, während er zu Boden glitt. Auch wenn ihm alles weh tat. Seine Freude tat das keinen Abbruch. Bernd hatte es geschafft. Er lag auf der Landstraße, während der dunkle Sandsturm über ihn hinwegraste.
„Ihr könnt` mich mal alle gern haben!" Wellmann lachte wild und streckte den Mittelfinger, obszön in die Höhe. Eine Geste die seine letzte war.

Ein Traktor näherte sich, langsam, den Abzweig zum Wirtschaftsweg. Er beförderte Saatgut und die Anhänger waren prall gefüllt damit. Der Fahrer fluchte bei der schlechten Sicht, die ihm das wandernde Luch bescherte. Er sah nur schemenhaft die Bäume am Rande der Straße. Ein leichtes Rucken ließ ihn zusammenfahren. Er stieg aus, trat auf etwas weiches, nachgebendes. Doch was er dort sah, ließ ihm den Atem stocken. Zwischen dem Traktor und dem ersten Anhänger lag der leblose Körper eines Mannes, dessen blutverschmierter Mund mit Sand gefüllt war und dessen Augen ungläubig zum Himmel starrten, während der Mittelfinger zu einer obszönen Geste erstarrt war mit der er die Welt verwünschte.

GRENZWERT

Frische Luft strömte durch das, geöffnete , Fenster hinein. Filbichs Haus lag abgelegen, direkt am Ufer eines kleinen Flusses. Es war ziemlich kühl an diesem Oktobermorgen, der ein schöner Tag zu werden schien.
Hans Filbich, ein fünfundvierzigjähriger Mann mit beginnender Glatze und ergrautem braunem Haar, streckte seinen drahtigen Körper. Er war Kraftfahrer und hatte heute seinen freien Tag. Er wollte eigentlich angeln gehen, doch seit das große Labor die Arbeit aufgenommen hatte, bissen die Fische nicht mehr richtig. Einen Zusammenhang zwischen der Arbeit im Labor und dem Fischrückgang zu suchen, wäre vermessen. Doch die Fische starben kurz nach Inbetriebnahme des Labors.

Hans hatte sich mit seinen Kumpels beraten und entschieden das es einfach nur Zufall war. Außerdem wollte er sich den schönen Tag nicht mit irgendwelchen Grübeleien verderben. Er hatte noch nicht gefrühstückt. Das kam erst nach seinem täglichen Morgenlauf. Hans war ein sportlicher Mann und achtete sonst auch auf gesunde Ernährung. Seine Augen waren noch von der Müdigkeit gerötet. Er atmete einmal kräftig durch und verließ das Haus. Es hatte schon seine besten Jahre hinter sich gebracht und stand mitten im Wald im Rhinluch. Es war abgelegen, denn der nächste Ort lag schon sechs Kilometer entfernt. Die Vögel zwitscherten ihr eigenes Lied über das Wohlbefinden. Es war schon ein wenig kühler als sonst. Doch auch das hielt Hans nicht davon ab alles in vollen Zügen zu genießen. Die Blätter fielen von den Bäumen und bedeckten den Waldweg, auf den er lief, mit den buntesten Farben. Er lief ruhig, ohne sich anstrengen zu müssen. Vierzig Meter vor ihm machte der Weg einen Knick und er sah einen alten Mann gemächlich auf ihn zukommen. An seiner Seite trottete ein weißer

Spitz, der genauso alt schien wie sein Herrchen. Hans erkannte in den alten Mann Achim Häse. Er war zwar nur zwei Jahre älter als er selbst sah aber mindestens zwanzig Jahre älter aus.

„Morgen, Achim!" Hans hielt, für einen kurzen Moment an. Der alte Mann sah ihn mit trüben Augen an und lächelte ein wenig. Sein hagerer Körper zitterte.

„Halt ein, Locke! Wir sind hier doch nicht auf der Rennbahn." Er zog einmal, zur Erinnerung, an der Hundeleine. Der Hund knurrte widerwillig und legte sich müde auf den kühlen Boden.

„Der sieht ja ziemlich geschafft aus!"

„Ich weiß auch nicht was mit dem los ist. Seit wir am Rhin vorbei sind, ist der kaum wieder zu erkennen. Und das stinkt so. Ich kann mir nicht daran erinnern, das da jemals etwas ähnliches war. Da ist dieser Nebel. Der sieht schon so ungesund aus." Achim hustete geräuschvoll. Seine Atemwege schmerzten seit ein paar Minuten. Er konnte es sich nicht erklären. Seine Augen tränten, waren stark gerötet. Hans sah es und erfand es nicht gut.

„Du solltest lieber ins Bett gehen. Mit einer Erkältung ist nicht zu spaßen."
„Vielleicht hast du recht. Ich gehe gleich nach Hause und lege mich hin." Nach einer kurzen Verabschiedung machten sie sich wider auf den Weg.

Hans verschwand hinter der nächsten Biegung und Achim sah ihn noch kurz hinterher. Er fühlte sich alles andere als gut. Seine Schleimhäute waren gereizt. Locke röchelte, als hätte er irgendwas verschluckt. Er ging eine kurze Strecke, blieb aber stehen, weil er sich schlapp fühlte. Ihm wurde abwechseln heiß und kalt. Er spürte wie sein Herz schneller schlug. Sein Gleichgewichtssinn war stark beeinträchtigt. Er schwankte. Du Welt um ihn herum schien sich zu drehen. Achim verdrehte verwirrt die Augen. Er sah aus den Augenwinkeln wie sein Hund am Boden lag. Häse wollte zu dem Tier etwas sagen, doch de Wald drehte sich immer schneller. Die Hitze wuchs. Sein Herz raste und sein Blut kochte. Dann wurde alles schwarz um ihn und ein helles Licht raste auf ihn zu. Ein letzter

Seufzer kam aus seinem Mund als er tot auf das nasse Laub fiel.

Hans ahnte nicht, das sich so etwas hinter seinen Rücken abspielte.. Er kam in die Nähe des Rhin. Es wurde immer diesiger in seiner Nähe. Zuerst war nur die Sichtweite gelindert, doch Sekunden später war er in einem Nebel versunken, der unnormal gelb aussah. Er konnte nicht wissen, was da auf ihn zukam. Der Mann hörte, in der Ferne, ein Warnsignal das sich stetig zu wiederholen schien.

Dr. Wolfgang Bormeier arbeitete an einem großen Experiment das kurz vor seinen Abschluß stand. Er war ein junger sportlicher Mann von zweiunddreißig Jahren, der Chemie studiert hatte und von seinem Vater, einem steinreichen Unternehmer, sein eigenes Labor geschenkt bekommen hatte. Er war stolz auf sein kleines Reich, in dem er ganz alleine das Sagen hatte. Niemand redete ihn rein und verbot ihm etwas. Er arbeitete an ein neues Insektenvertilgungsmittel das sein Ansehen in der Wissenschaft noch vergrößern sollte. Aber irgend etwas war schiefgelaufen. Der automatische Alarm war ausgelöst worden. Er sah die blinkenden Kontrolleuchten von seinem Schaltpult aus. Wolfgang war alleine im Labor. Seine Leute kamen etwas später, das er am frühen Morgen lieber seine Ruhe haben wollte. Er mußte es irgendwie in den Griff bekommen. Die Türen begannen sich automatisch zu schließen. Eine nach der anderen verriegelte sich und schloß ihm von der Außenwelt ab. Schweiß rann ihm über die Stirn. Aus den Tanks , neben dem Labor, trat Säure aus. Wieviel konnte er nicht sagen. Er sah durchs Fenster. Mit hilflosen Entsetzen sah er die große Wolke, die sich in den Wald verflüchtigte. Im Raum waren alle Fenster geschlossen. Er atmete erleichtert auf. Ein leises Surren war zu hören. Surren. Luft. Klimaanlage! Panische Angst nahm ihm die Luft zum atmen. Er versuchte sie auszuschalten. Das Surren verschwand.

Hans Hals schmerzte, wenn er schluckte. Er versuchte einen Ausweg aus der Wolke zu finden. Doch sie schien undurchdringlich. Ein entsetzliches Jucken überzog seinen ganzen Körper. Seine Haut, seine Augen brannten wie Feuer. Er rieb sich mit den Händen. Doch das Jucken wurde schlimmer. Er war benommen, rannte so schnell er nur konnte. Das Geräusch unter seinen Schuhsohlen veränderte sich. Das gleichmäßige Rascheln verschwand. Es wich dem Knirschen von Splitt. Er lief noch schneller. Mit dem Kopf prallte er gegen etwas hartes. Er konnte nicht erkennen was und trommelte mit den Fäusten dagegen.

Bormeier hörte das Klopfen an der Eingangstür. Das panische Klopfen wurde immer stärker. Er wollte die Tür öffnen, wich dann aber entsetzt zurück. Wenn er die Tür öffnete brachte er sich selber in Gefahr. Er sprang zum Fenster. Die Wolke war immer dichter geworden, doch er konnte den Mann auf der Stufe der Eingangstür erkennen, wenn auch nur schemenhaft. Das Klopfen hatte mittlerweile aufgehört. Bormeier sah wie der Mann in sich zusammensackte und regungslos liegen blieb.

„Du feiges Schwein!" Er beschimpfte sich selber. Er konnte nicht begreifen, das er nichts unternahm. Ein leichtes Jucken breitete sich über seine Augen aus.

„Nur nicht in Panik verfallen!" Er versuchte sich zu beruhigen und ging zum Notfallschrank. Er riß ihn auf und zerrte einen Schutzanzug und eine Sauerstoffmaske heraus. Bormeier hatte einige Probleme es anzulegen. Der Juckreiz, auf seiner Haut nahm immer mehr zu. Er hoffte nur, daß es nicht schon zu spät war. Bevor er die Sauerstoffmaske aufsetzte, spülte er seine Augen mit Wasser aus.. Das Jucken und Brennen brachten ihn um den Verstand. Er sah auf die Uhr die an der Wand hing. Sechs Uhr einundzwanzig. Noch eine gute halbe Stunde bis jemand kam. Er sog die saubere Luft aus der Sauerstoffmaske. Sie zwängte in ein. Er brauchte Platz. Er widerstand dem Zwang, sich die Maske vom Kopf zu reißen, nur widerwillig. Wolfgang ging zum Schaltpunkt und beobachtete die Warnanzeigen. Alle Werte waren normal, bis auf die, die den Säuregehalt in der Luft anzeigten. Er tippte auf das Schutzglas. Das konnte doch nicht sein! Der Zeiger war nach hinten ausgeschlagen. Er bewegte sich nicht. Bormeier schaltete die Søganlage ein. Ein dumpfes Surren begleitete das Anspringen der Anlage. Er atmete auf, als die Werte wieder auf normale Werte zurückgingen. Wieder spürte er wieder diese Enge in der Sauerstoffmaske.. Mit einem kurzem Blick vergewisserte er sich, daß der Grenzwert wieder unterschritten war und riß dann die Maske vom Gesicht. Kühle Luft sprang ihn ins Gesicht und die Schweißperlen tropften auf den Boden. Er achtete nicht darauf, wo er die Maske hinwarf.. Erst als er das Knirschen unter seinen Schuhen hörte mußte er erschreckt feststellen, daß er draufgetreten war und sie Sichtscheibe zerbrochen hatte. Das eintönige Summen der Sauganlage stockte etwas. Bormeier sah auf. Sein Blick schweifte nervös auf die Anzeigetafel. Die Werte waren immer noch zu hoch, als das sie ihn nicht gefährlich werden konnten. In der Sauganlage rappelte es erneut. Doch diesesmal erheblich lauter. Mit aufkommender Panik mußte er feststellen, daß sie jetzt ganz ausgefallen war.

Was sollte er machen? Er nahm eine Schutzbrille aus dem Notfallschrank und setzte sie auf. Auch eine einfache Staubschutzmaske befand sich auch darin. Auch die setzte er auf. Er mußte hier verschwinden. Es war hier viel zu gefährlich geworden. Er sah noch einmal auf die Uhr. Noch zwanzig Minuten bis jemand kam. Sein Hals schmerzte zunehmend.. Auch das Brennen in den Augen nahm wieder zu. Er stürzte zur Tür, riß sie auf und stürzte hinaus. Dabei stolperte er über die Leiche des Mannes der davor lag. Wolfgang fand das Gleichgewicht wieder und wandte sich entsetzt, über den Anblick des Toten, ab. Er lief in die gefährliche Wolke hinein, die so undurchdringlich schien. Seine Schmerzen nahmen zu. Er drehte sich um, wollte zurück ins Labor, doch überall war nur Nebel. Unter seinen Füßen knackten trockene Äste, als er weiterlief. Seine Panik steigerte sich ins unermeßliche. Um sich herum konnte er nur eine Wand aus Gas sehen, sonst nichts. Seine Schritte wischten durch Gras und ehe er feststellen konnte wo er sich befand, verlor er den Boden unter den Füßen. Eiswasser umgab ihn in einer anderen Welt. Er paddelte mit den Händen, versuchte an die Wasseroberfläche zu kommen. Doch er konnte nicht schwimmen. Das Brennen in seinem Hals nahm zu. Er mußte schlucken, mußte atmen. Er nahm einen großen Luftzug. Doch es war keine Luft, sondern Wasser was in seinen Lungen drang. Doch das war schon egal, als ihm eine wohlige Dunkelheit umgab.

Bormeiers Mitarbeiter gaben eine halbe Stunde später Alarm. Die Bevölkerung von Waldberg wurde aufgefordert ihre Fenster geschlossen zu halten und nicht in Freie zu gehen. Vier Bewohner mußten medizinisch versorgt werden. Nachdem die Wolke sich aufgelöst hatte, konnten zwei Leichen geborgen werden. Nur Dr. Wolfgang Bormeier blieb für immer verschwunden.

ENDE

Herstellung und Verlag:
BoD - Books on Demand, Norderstedt
ISBN 978-3-7412-3796-6